微篇小说

时代记录

尚书房

麦垛

芦芙荭 著

南海出版公司
2020·海口

图书在版编目（CIP）数据

麦垛 / 芦芙荭著 .-- 海口：南海出版公司，2020.8

ISBN 978-7-5442-8014-3

Ⅰ.①麦… Ⅱ.①芦… Ⅲ.①小小说—小说集—中国—当代 Ⅳ.① I247.82

中国版本图书馆 CIP 数据核字（2019）第 132113 号

MAI DUO
麦 垛

作　　者	芦芙荭
责任编辑	余　靖
装帧设计	马顾本
出版发行	南海出版公司　电话：(0898)66568511(出版)(0898)65350227(发行)
社　　址	海南省海口市海秀中路51号星华大厦五楼　邮编：570206
电子信箱	nhpublishing@163.com
经　　销	新华书店
印　　刷	北京军迪印刷有限责任公司
开　　本	787毫米×1092毫米　1/16
印　　张	15
字　　数	148千
版　　次	2020年8月第1版　2020年8月第1次印刷
书　　号	ISBN 978-7-5442-8014-3
定　　价	69.80元

南海版图书　版权所有　盗版必究

001　一只走失的羊

004　活　宝

008　一只鸟

012　最美的风景

016　鱼

022　死亡体验

026　鞋匠胡二立

032　守　望

035　良　心

041　三　叔

044　美丽乡村

048　拐　子

051　父亲的电话

055　三　年

059　扳着指头数到十

062　同　学

066　两头猪

071　大　哥

076　村　子

079　入侵者

083　袅袅升起的炊烟

087　游　戏

091　复　仇

095　条　子

099　每个门槛下面都有一把钥匙

104　桂　花

109　儿子的求助电话

113　熟　悉

117　最后一课

121　一束鲜花

125　回　家

129　真　爱

134　水水之死

138　欢迎光临

142　故　事

145　邻　居

149　汇　报

152　聊　天

156　对　话

159　不　哭

163　麦　垛

167　反　刍

171　小样儿

175　招领启事

179　远　方

183　长发女孩

188　父亲的剃刀

192　一个特殊的电话

196　一个人，一头牛

200　简单的爱

204　雪　梦

207　银杏树

210　一墙之隔

215　鞋的故事

218　回　乡

224　午夜热线

227　公开的情书

一只走失的羊

天还没亮，窗外就传来了羊的叫声。躺在床上，不用去看就能知道，是那个卖羊奶的老妇牵着那只奶羊来了。小街的对面有个栅栏，每天，老人都会将那只奶羊拴在那个栅栏上，然后静静地坐在那里等待来买羊奶的人。

羊奶六元一斤，老奶奶一天的收入就在那只奶羊硕大的奶子上。

就一只羊，每天来买羊奶的，也就是那几个常客。

扑沓扑沓，不用抬头，老奶奶就知道是那个老头来了。老头的手里拿着一只搪瓷缸子，穿着拖鞋，走路总是没精打采、睡不醒的样子。老头的老婆瘫痪在床上多年了，老头每天早上都会给她打一缸子羊奶。打完羊奶，他有时也会在栅栏旁的石头上坐上一会儿。他咳嗽得厉害，但他还是会拿出烟袋来吸烟。

吸一口烟，咳嗽一口，再吸一口烟。他和卖羊奶的老奶奶说话，那字都是一个一个地从咳嗽中蹦出来的。

有时来得早的也可能是那个胖妇人。她就像一口缸一样，滚滚而来。她从来不坐，当然，她也没有办法坐下去。她就那么站着，看着老奶奶将羊奶一点一点地挤进她带来的那个饭盒里。

来买羊奶的人，对卖羊奶的老妇人都很好。虽然他们平时都有这样那样的毛病，比如那个胖妇人，平时说话尖酸刻薄，爱和人吵架闹仗，但她从来没有因为羊奶的多与少，和老奶奶理论过、计较过——这事要是放在别人身上，指定是不行的。

还有那个膀子上文着龙的小子，平时谁敢惹他！可他来买老奶奶的羊奶，无论给多少钱，从来没让老奶奶找过。当然，每次他都是给得多。

有一次，那小子竟然提出要买老奶奶的那只羊，他开出了很高的价，我们都明白，这小子终于做了件人事，他是要帮那个老奶奶。他一次花的钱，可能就是老奶奶几年卖羊奶的钱呢。老奶奶确实是要人帮了，她走路都颤颤巍巍的了，看起来都是那么的吃力。那只奶羊有时稍稍走快一点，她都有些跟不上了。

可谁也没想到，老奶奶拒绝了那个小子。

老奶奶说："羊卖了，我干什么呢？"

有人说："要么你卖了羊坐在家里享福去，要么你用卖羊的钱再去买一只羊。"

老奶奶看着那只羊，只是摇头。

就这样，老奶奶继续在每天早上卖她的羊奶，那个老人，胖妇人，还有那个要买她的羊的小子，每天早上天一亮，仍然来这里买她的羊奶。

日子就这样往前走着。

有一天早晨，天都大亮了，怎么就没听到奶羊的叫声，倒是那人的吵闹声越来越大。那个胖妇人，像是要和人打架的样子，见人就打听卖羊奶的老奶奶。这么多年了，这是第一次发生这样的事。

那个老头坐在没有奶羊的栅栏旁，一边抽烟，一边不停地咳嗽。

后来，一打听，说是老奶奶的奶羊丢了。就在昨天，老奶奶卖完羊奶回家，走在路上，走着走着，老奶奶赶不上羊了，开始的时候，那只奶羊走一走还停下来吃吃草，老奶奶喘喘气还能赶得上，可慢慢地，和羊的距离就越拉越大，羊就丢了。

奶羊丢了，我们再也没有见过那个卖羊奶的老奶奶。只是常来买羊奶的那些个人倒是常见。有时，他们从老奶奶卖羊奶的那个地方走过时，也会停下来向那个地方看一看，不过那地方现在放着的是一只垃圾桶，过来过去的人，手上有垃圾了，就会丢在那里。

活 宝

奇怪的事发生在一个早晨。

猫头的父亲早上去庄子的水井挑水,看见一只老母鸡领着一群小鸡在水井边嬉戏。他觉得奇怪,是谁家的鸡,这么早就跑出来了?那些小鸡长得很可爱,猫头的父亲放下水桶,忍不住就伸出手去抓住了一只小鸡。奇怪的事就在这时发生了。只是一瞬间的工夫,那只老母鸡和其他的小鸡就不见了,再看看手里的那只小鸡,却已死去,沉沉地变成了一只小金鸡。

猫头的父亲高兴坏了,他知道他这是遇到活宝了。

所谓的活宝,就是能在地底下跑的宝,比如金鸡呀、金马呀、金猪呀。它们在地底下长成了形,时不时地就会跑到地面上来显露一下。

庄子里早先就有一个会赶宝的人,他能将地下的那些活宝从地下赶出来，只是他还从来没有将活宝捉住过呢。

猫头的父亲将那只小金鸡捧回了家。他让猫头娘捧着那只小金鸡看，他又让猫头也捧着那只小金鸡看。他对他们说："哈，这回我们真的发财了！"

就在他们一家人做着发财的美梦时，意想不到的事发生了。

当猫头有些爱不释手地将那只小金鸡交给他父亲时，一不小心，那只小金鸡给掉在了地上。谁能想到呢？那只小金鸡一掉到地上，就像鱼儿见了水一般，活了。它竟然还吱吱地叫了一声，就一头钻进地里去了。猫头眼明手快，他伸手想拽住那只小金鸡的尾巴，却是什么也没抓着。

到了嘴的肉竟然没了。

事情就是这样，当初，要是这只小金鸡不出现在猫头父亲的面前也就罢了。现在，它出现了，却一转眼又没了，这让猫头一家人的心里都不好受。

于是，猫头的父亲在一天黄昏，作出了一个决定，他决定掘地三尺，也要找到那只小金鸡，活捉这个活宝。

猫头的父亲对他们一家人做了明确的分工。猫头的父亲负责挖掘工作，猫头和猫头娘负责运土渣。

那天晚上，他们点燃了油灯，从那只小金鸡掉下去的那个地方开始了挖掘。

他们就像几只土拨鼠那样，一点一点地将土从地下拱了出来。

当他们挖到两米深的时候，麻烦来了。一块硕大的石头挡在了那里，铁锹挖上去金星四溅。他们不得不改变挖掘的方向。方向的改变，使挖掘工作顺利了许多，这让他们受到了很大的鼓舞。

洞越挖越深，为了节省时间，除了上厕所，猫头和他的父亲几乎不再出洞，甚至连吃饭都是让猫头娘给他们用箩筐吊下去。他们刚开始挖洞时，正是初春季节，猫头和他的父亲还穿着小棉袄呢。现在，他们已是光着臂膊在下面挖掘了。猫头父亲的脸上，胡子也长得老长。

有一天，猫头娘给他们用箩筐吊下饭时，还用一片大树叶给他们包了一包东西，他们打开一看，竟然是一包樱桃。猫头父亲说："我们下来时，樱桃树还没发芽呢，现在樱桃都能吃了。"

猫头说："我们挖出去的土上面怕是长草了吧。"

猫头和他父亲就这样一边说着话，一边吃着樱桃。樱桃很甜，他们却看不清樱桃的颜色。

突然，猫头听见他的父亲欣喜地叫了一声。

猫头的父亲说："猫头你听，我好像听到了鸡叫的声音呢。"

洞里一下就静了下来。猫头和他父亲都屏气凝神，果然，有鸡的叫声若隐若现地传来。

猫头的父亲简直是欣喜若狂了，他说："呀，我们快要捉住活宝了。"

猫头说："我们要捉住活宝了。"

两个人完全忘了困倦和劳累，拿起铁锹又开始挖了起来。

有时，他们会停下手中的挖掘，侧起耳朵来听一听。鸡叫的声音似乎越来越清晰了。

接着，更令人兴奋的事发生了，他们看见，就在他们面前不远的地方，一个金光闪闪的东西在地上一跳一跳的。他们不约而同地扑了过去，可是，等他们到了那里，那东西有意要捉弄他们似的，一转眼就不见了。

后来，猫头看见那东西跳到了他爹的背上，猫头伸手去抓，却什么也没抓住。猫头再伸手去抓，就抓住了一个圆圆的光柱。这时，又一声鸡叫的声音传了过来。这一次，那鸡的叫声是那样的真切，仿佛就在身边的某个地方。猫头的父亲一铁锹挖下去，眼前就一下豁亮了起来。他们顺着那亮光爬过去，就看见一只金黄的母鸡，正带着一群可爱的小鸡在一片草地上觅食呢。

同时，他们还听见了狗的叫声和人的争吵声。他们拍了拍身上的泥土站起身时才发现，原来这是他们家的后院。

从后院里出来时，猫头和他爹才发现，时令已到了夏天，地里的麦子已黄了。奇怪的是，那一片金黄的地里，竟然没有人去割麦子，许多人都拎了口袋和竹筐在抢他们挖出来的堆在门前的土。

那些人将那抢来的土背到河边，用木盆从土里淘金呢。

猫头娘，却是一头的汗水，还在一箩筐一箩筐地将土往外运。

一只鸟

每天清晨走进公园时,他总要在那个盲眼老头面前徘徊好久好久。盲眼老头是遛鸟的,一手拄着拐杖,一手提着只精致的鸟笼,笼里养着一只他叫不上名的鸟。鸟好漂亮,一身丰泽的羽毛油光水亮;一双乌黑的眼珠,顾盼流兮,滚珠般转动着。特别是鸟的那叫声,十分悦耳。更重要的是,那只鸟只有一个令他怦然心跳的名字——阿捷。每次,盲眼老头用父亲喊儿子般亲昵的口气"捷儿、捷儿"地叫着那鸟儿,教那鸟儿遛口时,他的心就像发生了强烈的地震一般,令他不安。

他是个很古板的老头。退休这么长时间,除了每早来这公园里溜达溜达外,不会下棋,不会玩牌。对侍弄花儿、草儿,养个什么狗儿、鸟儿的也几乎没有一点儿兴趣。但自从他发现那个盲眼老头养的那只叫阿捷的鸟之后,他就从心底生出了一种欲望——无论如何也要得到这只鸟!

有了这种强烈的占有欲,之后的日子,他就千方百计去接近那个盲眼老头。盲眼老头很友善,也很豁达。他几乎没有费什么力气,就和他成了很要好的朋友。

他简直有点喜出望外。

盲眼老头孤苦伶仃一个人。每天早晨他便很准时地赶到公园去陪老头一块遛鸟。他把盲眼老头那只鸟看得比什么都贵重,隔个一天两天,他便去买很多很多的鸟食,送到老头家去。他和老头一边聊着天,一边看鸟儿吃着他带来的食物,常常就看得走了神、失了态。好在这一切,那盲眼老头是看不见的。

有一天,他终于有点按捺不住了。他对盲眼老头说,让盲眼老头开个价,他想买下那只鸟。尽管他的话说得很诚恳,可盲眼老头听了他的话,先是吃了一惊,继而摇了摇头:"这只鸟,怎么我也不会卖的!"

"我会给你掏大价钱的。"他有些急了,"万儿八千,你说多少,我掏多少,绝不还价。"

"你若真的喜欢这种鸟的话,我可以托人帮你买一只。"盲眼老头说,盲眼老头的态度也极为诚恳。

"我只要你这只!"

可是,不管他好说歹说,盲眼老头还是不卖。他打定不到黄河心不死的主意,又去和老头交谈了几次,老头仍是那句话:"不卖!"这使他很失望。一次次失望,他就病了,他心里明白自己是因为什么病的。儿孙们又是要他吃药，又是要他住院，他理也懒得理。

几天以后，盲眼老头才得知他病了，而且知道病因就出在自己的这只鸟身上。老头虽然不舍得这只鸟，还是忍痛割爱提了鸟笼拄着拐杖来看他。

"老弟，既然你喜欢这只鸟，我就将它送给你吧。"

躺在病床上的他，看到手提鸟笼的盲眼老头，听了这话，激动得差点掉下泪来，病也当下轻了许多。他一把握住老头拄着拐杖的手，久久地不放。

"老弟，其实这并非什么名贵的鸟，我买回它时，仅花了十多元钱。不过，这多年……"

"老兄，你别说了。我想要这只鸟，并没有将它看成是什么名贵的鸟。"

几天后，盲眼老头又拄着拐杖去看他，也是去看那只鸟。可是，盲眼老头进屋时，却没有听到鸟的叫声，盲眼老头忍不住了，问："鸟儿呢？阿捷呢？"

许久许久，他才说："我把鸟放了。"他没敢正眼去看盲眼老头。可他是能想象得出盲眼老头听了这话时那种满脸诧异的样子。

"什么？你把鸟放了？你怎么可以放了阿捷呢？"果然，盲眼老头说话的声音变得异常激动。

"是的，老兄，我把鸟放了。你不知道，我这一生判了几十年的案子。每个案子不论犯法的是平民百姓或是达官贵人，我都觉得自己是以理待人，判得问心无愧。现在细细回想，这一生，唯一判错的，只有一个案子，当我发现了事实真相后，未来得及重新改判，他就病死在牢狱里了。我现在已退下来了，这事也没有任何人知道。可自见了你提的鸟笼和笼中那只叫阿捷的鸟后，我的灵魂就再也不能安宁了。老兄，我错判的那个青年也叫阿捷呀！"他说着说着已是泪水扑面而下。他发现盲眼老头听了这话，竟然变得木木呆呆的样子，那双凹下去的眼也有泪水流了出来。但他始终没有说一句话。

　　几年后，盲眼老头先他而去了。他作为盲眼老头的挚友，拖着年迈的身体亲手为盲眼老头操办后事。办完后事，在为盲眼老头整理遗物时，他从盲眼老头的一个笔记本里发现了一张照片。照片上是一个身强力壮的后生。他看了照片一眼，又看了照片一眼。他真不敢相信照片上这个年轻的后生，与他记忆中的那个阿捷竟然是那样的相像。他不知道，照片上的后生真的就是那个阿捷呢，还是一种偶然的巧合！

最美的风景

2006年秋天,我随一家旅行社去了趟云南。按照旅行社的路线,我们先去石林,再去古城大理,之后又从大理到丽江。泸沽湖是我们这次旅行的最后一站。

导游是个女孩,长得娇小可爱。车一上路,她就开始给大家介绍泸沽湖的风景如何如何地美,教大家唱当地的民歌,当她讲到摩梭人的走婚习俗时,一车的人都兴奋了起来,特别是男人们,个个都摩拳擦掌,好像走的是他的婚一样。

泸沽湖果然如导游讲的那样,非常地秀美,虽然我没有被走婚,但那里的风景足以让我流连忘返。

临返回的前一天晚上,导游带我们去吃烧烤,几百人的场地,大家对起了歌,熟悉的和不熟悉的都举杯欢舞。那场面至今都让人难以忘怀。

几乎所有的人都想在那里多待上几天。

返程时,车刚刚走到半山腰,导游便让司机将车停了下来。她说,这里是看泸沽湖全景的最好地段,让大家下车去那里拍照留念。

我们下了车,立即去争抢有利的拍摄位置。

就在这时,突然之间,从旁边的树林里一下子涌出十几个孩子,他们每个人的手上都提着几兜苹果。

苹果是用网兜装着的,红红地露在了外面。每个兜里只装了四只苹果。这些孩子们显然是有经验的,他们每个人奔一个游客而去,开始兜售手里的苹果。也许大家都是刚吃过饭的缘故,也或许大家对这样的场景已司空见惯了,没有一个人予以理睬。

孩子们都显得有些失落。

来到我面前的是个女孩,七八岁的样子,她的衣服虽然破旧,但脸洗得很干净,头发也梳得很顺溜。

女孩说:"叔叔,买一袋苹果吧。"女孩不像其他的孩子那样死缠烂打。她只是举着手里的苹果,满眼渴望地看着我。女孩的眼睛很清澈,像泸沽湖的水一样。

我说:"多少钱一袋?"

女孩说:"三元。"

我有意想逗逗这个可爱的孩子,说:"四只苹果就三元钱,太贵了。"

我的话似乎让女孩看到了希望，她连忙说："这是我刚从树上摘下来的，你要是嫌贵的话，给两块五吧。"

我几乎找不出拒绝的理由。我从兜里掏出钱，数了两块五给了女孩，然后接过了那袋苹果。

就在这时，其他的孩子一下子都涌到了我的面前，他们举着手里的苹果袋，嚷嚷着让我也买他们的苹果。我被孩子们围在中间无法脱身。我只好说："对不起呀，我不可能要这么多苹果的。再说，我身上也没零钱了。"然后拼了命地从孩子们的包围圈里挤了出来。

刚走了几步，听见身后传来咚咚的脚步声，我回过头，一个小男孩已跑到了我的身边。男孩对着我诡秘地一笑，说："叔叔，我刚看见了，你身上还有零钱呢！"

这真是个精灵鬼！

我怕其他孩子再涌上来纠缠，赶紧从兜里掏出两元五角钱扔给那个小男孩，接过他手里的苹果，向车前奔去。这时，其他人都已上车了。

真是怕什么来什么。我的前脚刚踏上车门，那群小孩子就追了过来。我让司机赶紧关车门。司机的手脚真麻利，就在那群孩子涌到车门前时，车门咣的一声关上了。

我长长地舒了一口气。

车要启动了。却见那群孩子一下子涌到了车的前面，挡住了车的去路。女导游看见这阵势，火气一下子蹿了上来，她说：

"真丢人！"就让司机打开车门，准备下去收拾这些孩子。这时，一只小手从车前的玻璃上伸了出来。我们看见那只小手上紧紧地攥着一张五十元钱在车玻璃上一晃一晃的。

"叔叔，你的钱掉了。"

也许是小孩太矮，他的头在车玻璃上一冒一冒的。

我们看不见他的嘴，却听见了他的声音。

我觉得我的心好像被人揪了一下。我想无论如何，我要将孩子们手里的苹果都买了。

我下了车。车上所有的人也都涌下了车。

还没等我下手，孩子们手里的苹果就已被抢购一空。

鱼

一

麻城不大，却很古朴。青砖灰瓦的房子，要是下过雨，墙上就会起一层绿蒙蒙的青苔。小孩子们喜欢在这样的墙上写字。折一根树枝，写：田小毛，王八蛋。"蛋"字不会写，就画一个圈。

字是谁家小孩写的，没人去追究。田小毛是谁家的孩子，也没有人去追究。反正天晴了，太阳一晒，青苔没了，字也就没了。太阳就像一只擦黑板的刷子，随时就会把这些痕迹擦得干干净净。

麻城人都是本地人，说话时总是拖着长长的尾音，就像小蝌蚪的尾巴，一甩一甩的，听起来湿漉漉的。他们从小到大就在麻城的这几条街上晃来晃去，彼此就晃得很熟了。要是偶尔来个陌生人，那就能稀奇好长时间。

蒋丽丽随赵小虎来到麻城时，麻城人的眼睛都直了。那眼珠就像生了锈的滚珠，有些转不动了。麻城也有漂亮女人，蒋丽丽却和这些女人的漂亮有些不一样。麻城女人的漂亮都表现在脸上，温婉、白净，线条柔和，水性些。蒋丽丽的漂亮更是表现在身材上，挺胸翘臀，就像一团正在燃烧的火。麻城的男人说："这样的女人，睡起来肯定舒服。"麻城男人评判女人的标准最直接，那就是一个"睡"字。

蒋丽丽到麻城时间不长，就和赵小虎结了婚。蒋丽丽从一个青涩的少女变成了少妇。少妇是一个女人人生最美的阶段。那时，蒋丽丽被安排在麻城广播站上班，每天早、午、晚三次打开机器转播中央台和县广播台的节目。其余的大多时间，就是坐在太阳底下晒太阳、织毛衣。广播站的院子里修了一个花坛，蒋丽丽坐在花坛里，就像花坛里盛开的一朵花。

赵小虎被安排在麻城小学教体育，那时学校的教学设施还不齐备，学校里除了有几只篮球，再就是两台用水泥做的乒乓球台，赵小虎上体育课时，就带领学生们在操场边挖了一个长方形的土坑，在里面填上沙子，算是有了跳远和跳高用的沙坑了。

上体育课时，赵小虎把学生们分成几组，打篮球的打篮球，打乒乓球的打乒乓球，余下的就去跳高、跳远。他则坐在操场边，嘴里叼着一支烟，手里鼓捣着一部摇把式的电话机。

蒋丽丽就像一只馋猫一样，喜欢吃鱼，麻城河水虽不大，鱼却好吃。赵小虎就弄了一个渔网去麻城河里打鱼，夏天也就罢了，到了冬天，河水冷，有时还结了冰，渔网就派不上用场。赵小虎就弄了一部废旧的摇把电话机，他将电话机的线用竹竿挑着放进水里，这边一摇动电话机，河里的鱼就翻着白肚从水里飘起来。

蒋丽丽很会吃鱼。一整条鱼，肉被她吃完了，骨头从头到尾却是完好无缺。蒋丽丽没事时，就用小刀将鱼骨细细刮一遍，再用细砂纸轻轻地打磨，那鱼的骨架就变得又白又亮。这时，她就找来布，用这些鱼骨头在上面拼出各种各样的画。

可能是外来的缘故，蒋丽丽平时很少和麻城人来往，她除了织毛衣、用鱼骨拼画，再就是和赵小虎腻歪在一起。两个人只要在麻城的街道上走一圈，就会手挽着手。麻城的人自然不高兴了。赵小虎尽管父母不在了，但他是地道麻城人，现在他的那些一块儿长大的伙伴们就是用酒也不能把赵小虎勾引出来。再说，麻城的男人，哪有这样对待老婆的。

在麻城，你的日子要是过得和大家不一样了，自然就会招来大家的妒恨。

这年夏天，麻城下了几天雨，灰灰的墙上就起了一层绿蒙蒙的青苔。

有天早上，麻城人起床走过广播站门口时，就看见广播站门口的墙上被谁画了一幅画。一只老虎的身上骑着一个长头发的女人，女人挺胸翘臀的。大家一看，就明白是画的谁，就站在那里指指点点地笑。

蒋丽丽和赵小虎刚好在那时走出来,也站在那里看。看了一会儿,蒋丽丽就挽住赵小虎的胳膊故意嗲声嗲气地说:"老公,你说那个女人像不像我?"

赵小虎不明白蒋丽丽的意思,就说:"不像。"

蒋丽丽就晃着赵小虎的胳膊嘟着嘴说:"你说像,我要你说像嘛!"

赵小虎连忙说:"像!像!"

然后两个人挽着胳膊走了。

这样的好日子并没有持续多长时间,就出事了。

那年冬天,赵小虎用电话机做的打鱼器坏了,怎么也收拾不好。蒋丽丽已有好几天都没吃上鱼了。

那天下了班,赵小虎就直奔麻城河而去。他的身上挽着几圈电线,他已提前踩好了点。麻城河的河岸边有几根电杆,那是给整个麻城输送高压电的电杆。

赵小虎爬上离河岸近的那根电线杆,将身上挽着的电线接了上去,然后,他扯着线的另一头向麻城河走去。蒋丽丽好多天没吃上鱼了,他准备用这电去给蒋丽丽打点鱼。

赵小虎用竹竿挑起电线放进了水中,果然就有鱼翻着白肚飘了起来。

可谁能想到呢,那圈电线漏电了,赵小虎鱼没捞起一条,人却直挺挺地倒在了麻城河的河滩上。

等麻城人发现时，赵小虎已经死了。

赵小虎被抬回去时，蒋丽丽已在广播站的院子里哭得站不起来了，她扑在赵小虎的身上死死地抱着他，不许任何人靠近。

赵小虎的父母已不在了，出了这么大的事，人们就想有必要告诉蒋丽丽的父母一声，可不管怎样问，她就是不开口。

三天后，人们强行将赵小虎下了葬。

麻城人毕竟都是善良的，那些过去与蒋丽丽有过节没过节的人，都来劝蒋丽丽，说："人死不能复生，你要保重自己的身体，日子还得往下过呢。"

赵小虎是因为下班后死的，又是偷用高压电打鱼，国家几乎没有给一分钱的抚恤金。好好的一个人就这样白白地没了。

后记：

其实，蒋丽丽被赵小虎带回麻城时，我正好在麻城小学工作。赵小虎和我算是同事。赵小虎被电打死时，我正好办完了改行的手续。赵小虎下完葬，我也就离开了麻城。

离开麻城好长时间了，蒋丽丽的影子一直在我的脑子里晃来晃去。蒋丽丽和赵小虎是那么地相爱，赵小虎突然死了，我不知道蒋丽丽的日子会怎样过下去。

蒋丽丽哭得死去活来的样子一直在我的心里横着，像根鱼刺。

大约过了一年时间，我回麻城去办事，第一件事就是想去见见蒋丽丽。

　　蒋丽丽还是在广播站工作。那天，我一走进麻城广播站的门，就听见了一串银铃般的笑声，蒋丽丽还是坐在那个花坛前，一个男人在她前面不远处与她对面坐着。男人用双手抻着一缕毛线，蒋丽丽扯着毛线的另一头正一下一下地将它挽作一团。

死亡体验

河湾很静。

女人像一只猫一般依偎在男人的怀里,睁着那双秋水盈盈的眸子,一往情深地望着男人那轮廓分明的脸。男人笑了笑,低下头在女人那炽热的唇上吻了一下,目光随即游移开去,落在了他们身下巨石前的那个深水潭上。水潭很深。昏暗而幽蓝的潭水在黄昏的阳光下,泛起一丝丝令人毛骨悚然的寒意。潭中不时传来鱼的唼喋声。男人说:"你真的不怕吗?"

女人说:"只要和你在一块,我什么都不怕。"

男人回过头望着姣美动人的女人很是感激地笑了笑。

这时,远处传来了一声狗叫。听到狗叫声,男人心里一咯噔,女人的心也一咯噔。男人和女人的思绪一下子都沉浸在了以往的许多个夜晚里。村子里家家户户都养了狗,那些个夜晚,夜夜都有狗叫声。男人和女人不约而同地将目光沿着狗叫声从白亮亮的河滩上划过去。河滩的对面就是村庄。地里的庄稼已经收割完毕，田野显得空旷而辽远。村头那幢三层的小洋楼在收了秋的田野里更是显得引人注目，那是二水的花炮厂。

男人和女人都是花炮厂的工人。就在两个多小时之前，他们还在那小洋楼里走进走出，一边干活，一边和其他工人们有说有笑的。虽然许多天之前，男人和女人都已作出决定，选择了沉河而死这条路，但那时，他们仍然表现出一副泰然自若的样子。各方面的压力已把他们逼上了这条绝路。因此，他们早已将沉河而死看得和游泳一般轻松自如。他们已不图别的什么，只求能死在一块就行了。

狗依旧在叫着。那叫声走过白亮亮的河滩，走过宽宽的水面，变得动人而可爱了。此时，男人和女人已吃完了他们准备的最后一顿晚餐。他们脱光了衣服，沐浴着凉爽宜人的河风，像动物一般在无遮无拦的巨石上，从容而又放荡地做了一次爱后，双方都换上了干净而漂亮的衣服。女人总是那样，面对死亡也要把自己打扮得极尽漂亮。她拿着一片小圆镜仿佛要做新娘似的，一次次为自己搽脂抹粉画眉描口红，又一次次擦去，直到男人满意才罢了休。

男人呢，自始至终都显得从容不迫。他搬来一块很大的石条，用事先准备好的绳子五花大绑地捆了个扎实。他要到最后一刻，再将这块石头拴在两个人的身上。

做完这一切,已暮色四合了。他们相依相偎相拥着,如胶似漆地吻着。之后,他们转过头深情地望了村庄一眼,又望一眼。二水的花炮厂正灯火辉煌。那里的工人们也许正一边干活,一边像以往一样在说笑呢。女人突然想起了过去的日子。女人想起过去的日子禁不住一串泪水夺眶而出。

男人正在把那拴着大石条的绳索像戴光荣花似的往两个人身上套,一滴泪水掉在了他的手背上。

又是一滴。男人说:"如果你后悔,还来得及。"

女人凄惶地望着男人说:"那边不知道有狗没有?"

男人说:"不知道。"

女人说:"以后咱真的啥也不怕了,可以长相厮守、长久相爱吗?"

男人说:"或许是吧。"于是,男人和女人紧紧抱在一起,拼力拖着那块石条,如同走向洞房似的向深潭挪去。

"轰隆"一声,从村庄传来了一声炸响。走近巨石边缘的男人和女人受这一惊,僵直地站住了。

他们回过头去。村子上方腾起一股黑烟。二水那方才还是灯火辉煌的小洋楼,此时已成了一片火海。

"二水家的花炮厂爆炸了!"有人喊。

随着这一声喊,村子里许多人纷纷朝二水家里赶去。一些人冲进了火中,开始在残垣断壁之中寻找着被炸的人。当一具具尸体被冲进去的人们七手八脚地从火海中抬出来时,一股可怕的阴影一下子罩在了女人的头上。没有想到，他们为了死而绞尽脑汁，却还活着。而那些快乐地活着，并想永远活下去的人，却遭了不测风云。男人的身体也在微微地抖动着。他突然感到，死是那样的可怕。不知什么时候，他已解掉了套在身上的那拴着石条的绳索。

男人问："怕吗？"

女人说："不怕。"女人嘴里虽然这么说，可整个身体却像筛糠一般抖动着。她那细嫩的手掌有点冰人。男人和女人不知为什么突然产生了要活下去的念头。

男人说："咱回吧。"

女人说："回吧。"

于是，男人和女人沿着他们走来的路向村里走去。

鞋匠胡二立

在麻城,几乎所有人都认识胡二立。

麻城人只要是鞋子坏了,雨伞的伞骨折了,包带断了或者是钥匙丢了,不管远近,都会到他的修鞋摊子上来找他。

胡二立的修鞋摊就摆在麻城老巷子的巷口。那是麻城人口密集的地方。那个地方向阳,一天多半时间都能晒着太阳。老巷子人没事时,也会搬只小凳子坐在那里的墙根下晒太阳,看胡二立修鞋、修伞,或是给人配钥匙。

"二立呀,听说凡是小寡妇来你这儿配钥匙,你都会偷偷地配上一把,咱这麻城里寡妇的门你都能打得开?"

坐在墙根晒太阳的人,一边看着他配钥匙,一边喜欢和他开玩笑。

二立并没停下手里的活,说:"还说呢,那天一清早,你家媳妇提着一双鞋子放在这儿让我修,你说怎么了,等我修好了,来取鞋子的却是你家隔壁的老王。"

说完,胡二立就嘿嘿地笑。

那人也笑,一扬手就扔过来一个东西,吓得胡二立身子一闪,再一看,却是一支香烟。胡二立将烟叼在嘴上,也不点着,就那么一直叼着。

胡二立干活的手艺好,心地也善良,特别是门上的钥匙丢了,找他配钥匙,放心。

也有人见胡二立修鞋生意好眼红,办过修鞋摊子,想从胡二立的嘴里抢口饭吃,可时间不长,就偃旗息鼓了。

因此,胡二立的修鞋生意在麻城就成了独门生意。

胡二立生意好,手里也挣了些钱,可婚姻大事一直解决不了。

之前,胡二立喜欢过一个女孩,两个人好得死去活来,手也拉过了,嘴也亲过了,有一次,两人在麻城后面的小树林里,还搂搂抱抱过。可后来,女孩的父母死活不同意他们的婚事,就黄了。

这里面有个原因,就是胡二立小时候得过小儿麻痹,走起路来不怎么利索。再说,那时的胡二立,家里穷得老鼠都不登门。女孩的父母不同意他们的婚事,也在情理之中。

胡二立眼睁睁看着那个女孩嫁给了别人。

人有了这些缺陷,眼光放低些,说个过日子的女人,也是没有什么问题的。

后来，胡二立的日子好了，有人也给他说过媒，可他谁也看不上。

有一次，媒人带着一个女孩到他家，想把他俩撮合到一起。他一副敷衍了事的态度，竟惹恼了那女孩。

女孩说："不就是手里有几个臭钱，好像钱能当腿用似的。"

胡二立竟然也不恼不怒。

日子过起来慢，晃荡起来就快。

一晃胡二立就四十的人了。

胡二立的人生目标好像就是为了守在这个老巷子口修鞋。

别看胡二立一天到晚地坐在这巷子口，麻城家家户户的事，他都晓得。哪个男人腰上挂的是什么牌子的钥匙，哪家男人穿的是什么尺码的鞋子，有没有脚气，他都知道。

麻城水井巷的一个男人常常出差，一走就是十天半月。有一次男人出差回家，从腰里掏出钥匙开门，门怎么也打不开。原来，门从里面反锁了。男人敲了半天门，女人才披头散发地开了门。男人一进门，心里就咯噔了一下。男人从不抽烟，屋子里却有一股呛人的烟味。

第二天晚上，胡二立正准备睡觉时，听见有敲门声。打开门一看，门外站着的却是那个男人。

胡二立见到那个男人的那一刻，心里就咯噔一声，像有一根干柴被折断了。

男人进屋，将一双鞋扔在了胡二立的面前。

胡二立一看面前的那双鞋，心里一下就明白了。

男人说："我想请你看看这双鞋是谁的，等我弄清了，看我不打死他！"

胡二立没有说话。那一刻他觉得胸口像有人用刀子在割。但他还是捧起那双鞋翻来翻去地看，一边看，一边摇头。

男人有些急，说："这整个麻城，哪个人的脚大脚小你都清楚，怎么能认不出这双鞋呢？"

胡二立说："我真认不得这是谁的鞋。这么大个麻城，有多少双脚？我咋能都认得呢？"

男人无可奈何。走了。临出门时，男人没有忘记，提走了那双鞋。

胡二立关上门的那一瞬间，眼泪唰地一下就下来了，他觉得他的身体就跟一团软泥似的，有些支撑不住了。他扶着墙走到了床边。

怎么会是这样呢？

那双鞋，他认得。四十三码。右脚的那只鞋的后跟开裂过，他用平针缝过五针。还有，穿鞋的人走路时，重心有些向外，因此，鞋底外侧的磨损比内侧要厉害些。

当那个男人把那双鞋扔到他面前时，他一眼就认出来了，有几次，他差点说出了那个人的名字，好让男人好好去揍那个家伙一顿，可最终他还是忍住了。

接下来的事，有些出乎胡二立的意料。

那个男人没有找出那双鞋的主人,就把气撒在了自己女人的身上。他隔三岔五地拿自己的女人出一次气,狠狠地揍她,将她打得鼻青脸肿。

有几次,胡二立忍不住跑到水井巷,站在那男人房子的对面,果然看见男人的女人,脸上青一块紫一块的。女人在那里择菜、洗衣服。要是不知内情的人,还真以为什么事也没发生似的。

世界看起来很平静,胡二立的心里却是翻江倒海。这个他一直深爱的女人,就像一座神一样藏在他的心里,让他守候了这么多年,现在,他心里的那座庙轰地倒了。

回到家里,胡二立自个儿动手做了一辆小木车,将他修鞋的家伙什都装在那辆小木车里,他还做了几只风车插在小木车上。

那天早上,胡二立就像拉着一只小狗一样,拉着他的那辆小木车从麻城的街道上走过。那时,天还早,麻城的街道上还没有人。风车在车上呼啦啦转,小车的木轮从街道上滚过时,发出轰轰隆隆的声音。

胡二立拉着那辆小木车,去了水井巷。他在那个女人门对面站了很久很久,直到东边的天发白了,他才拉着他的那辆小木车沿着麻城的街道一路走下去。

走着走着,天就越来越亮了。街道上开始有了行人。

"二立呀,这么早就去摆摊了?"

胡二立说:"嗯。"

胡二立嘴上这样应着,人却并没有往老巷口走,他沿着街道一直走着。

一直走着。

守 望

　　小油匠是在春天里死去的。

　　那时候，山青水绿，漫山遍野里开满了野桃花，一嘟噜一嘟噜的，很热闹。

　　小油匠的油坊就在村西端的那片桃林旁。

　　大家去看，小油匠不像是死去的样子。他躺在靠近后窗的床上，仿佛是瞌睡了过去，那"井"字格的小撑窗洞开着，一股股桃花的馨香随风而入，沁人心脾。人们看见，小油匠的身上飘落着几瓣粉红色的桃花，那张年轻的脸上，洋溢着几丝得意而满足的微笑，好像正在做梦当新郎似的。

　　小油匠就这样死了，身上没病没伤的，死得很安详，村里人都觉得蹊跷。

　　后来，村里人便纷纷相传，说小油匠其实是被桃林里的一只狐狸精缠死的。那是只修炼千年的狐狸精,一到月朗星稀的夜晚,便化作一个年轻美貌的女子去和小油匠约会。

这话说得神乎其神的,听得大家一个个一惊一乍的,从此,再也不敢靠近那片桃林半步。但村里的那些年轻的后生们却一个个脸上露出羡慕之意,说:"这小油匠没枉做一回男人,死了也值!"

小油匠爹娘死得早,是个光棍汉。

那时,村子穷,不仅仅是小油匠,村里好多和小油匠年龄不相上下的后生都说不来媳妇,白天在地里挖地锄草有活干,晚上在床上翻来覆去却没事做,一夜一夜的只好在月亮地里喝酒唱歌。他们先唱:女儿生得细精精,细腰细手细浑身,四两灯草拿不动,夜驮情郎还嫌轻。接着又歌:掌柜的,坐椅子,你家有个好女子,你不给我我不走,我在你门上耍死狗。

唱着唱着,大家望着那片桃树林就想起小油匠来。

"小油匠没枉做一回男人!"

一天夜里,大家又聚在一块喝酒唱歌,喝着唱着,就突然发现没见到长武。有人说,好几个晚上长武都没来了。大家便去长武家喊:"长武,长武!"长武爹说:"长武不是和你们在一块吗?"大家说:"长武几个晚上没去喝酒唱歌了。"这样一说,长武爹便有些急,和大家一块满村子去找。

仍然没见长武。

有人猛然想起了那片桃林,想起桃林的狐狸精以及小油匠的死,便猜想,长武会不会被狐狸精所迷?

听了这话,大家心里一沉。

于是,几个胆大的便相互跟着一块去桃林找。

果然,等他们走近时,就发现小油匠的油坊里亮着昏黄的灯光。透过窗子,他们看见长武穿着平素很少穿的那套干净衣服,坐在小油匠的那张床上,正痴痴地望着窗外的桃林发呆呢。

良 心

杨荣住在麻城的半边街上。

半边街，顾名思义，就是街道只有半边。另半边呢，临了麻城河，地势逼仄，没处修房子了，就沿麻城河的河堤栽了一排柳树。半边街的人没事时，坐在柳树下的石凳上，一甩杆子就能钓上鱼来。

半边街居住的人家都是后来从别的地方迁徙而来的。他们多是些手艺人，比如打铁的，做木工活的，弹棉花的，吊挂面的。他们说话，口音比较混杂，做事风格也各异。但这些人也都与麻城老街的住户有着千丝万缕的联系。能在这个地方安家落户，大部分是老麻城人的亲戚。

比起麻城的那些老住户，半边街居民们的日子过得相对要清苦些。

杨荣没有别的什么手艺,靠杀猪养家糊口。杀猪算个匠人,半边街的人都叫他杀猪佬。那时的麻城,并没有多少人喂猪,他们吃肉都是挎着篮子去食品公司买。因此,杨荣杀猪多是在麻城周边的农村。农村人一年只喂一头猪,一般是到快过年时才杀。这样算下来,杨荣一年多数日子是没事可干的,他就去打些零工补贴家用。

尽管如此,杨荣的日子,也还算能过得去,他的三个儿子比起别人家的孩子,养得要壮实得多。

有一年,有人给半边街杜木匠的大儿子提了一门亲。是个乡下的女子,女子家离麻城有六十多里路。媒人从中撮合好了后,到了冬天,女方家里提出要来杜木匠家看看。拿现在话说,就是要来考察考察。杜木匠欣喜得不得了。可他也养着三个儿子,日子过得比杨荣要紧巴些。这女方来看家,总得给人家做顿像样的饭吃吧,可东拼西凑,就是没有肉。

就在杜木匠急得火烧眉毛时,在路上遇见了杨荣。杨荣是去乡下给人杀猪刚回来。大概多喝了几口酒,走起路来摇摇晃晃的。他杀猪的梃杖上挑着一块肉,也随着他的身子一摇一晃。

那个黄昏,杜木匠拦住了杨荣,他就像一只馋嘴狗一样,眼睛盯着杨荣梃杖上的那快肉,好说歹说,总算把那块肉借下了。肉上是用刀号了码子的(用刀在肉上标识了斤两),二斤八两。

杨荣看着杜木匠从他的梃杖上拿下那块肉提在了手上,

好像那肉是被狗叼去了似的。

他说:"你可得讲信用,说好了,明年开春你就得还我,我要给我的父亲做七十大寿呢。"

杜木匠说:"一定,一定。"

杜木匠欠下了杨荣一块肉,可儿子的亲事并没有成。

木匠的儿子虽然看上了那个女子,可女方的家人嘴里吃着肉,还是看出了杜木匠家的穷。

那女子竟然看上了左铁匠家的儿子。媒人说,女方家说了,长木匠,短铁匠。木匠手里的料本来长长的,却被木匠越锯越短,再看看铁匠,本来是短短的一根铁,人家三敲两打的就会变得越来越长。

这个借口听起来有些可笑。可事实如此,也没有办法。

转眼春天就到了,山上的野花都开了。

杨荣开始筹备给他父亲过七十大寿。

那天,杨荣就找到杜木匠。他知道杜木匠为儿子的亲事还伤着心,有些不好意思开口,但还是说了。

没想到杜木匠却说:"什么肉呀?"

杨荣说:"就是……就是你给你儿子办亲事时,借我的那块肉,二斤八两。"

杜木匠耍起了赖皮。他看起来一脸的无辜,说:"我什么时候借你肉了?我儿子办什么亲事了?要是他办亲事了,现在还是光棍一条?"

杨荣显示出极大的耐心。他尽力还原那个黄昏的情景。

他说:"那天,你向我借肉时,跟前还跟着一条狗,你将肉提在手上,那条黑狗眼睛盯着肉,怎么也不走开,你顺手从地上捡起了一块石头向狗扔去,狗才恋恋不舍地跑掉。"

可任凭杨荣说得唾沫星子横飞,杜木匠就是不承认他向杨荣借过肉。一块二斤八两的肉。

因为这事,杨荣和杜木匠断了来往。时间不长,整个半边街的人都知道了这件事。大家都知道杜木匠是个不讲信用的人,街上遇着杜木匠,都用一种鄙视的眼光去看他。

杜木匠因此在半边街抬不起头。两个月后,杜木匠就带着他的大儿子离开了半边街。

一晃就到了秋天。传来了消息,说杜木匠有个亲戚在山西开煤矿。杜木匠就带着他大儿子奔那儿去了,并在那里发了财。半边街的人半信半疑时,杜木匠就托人给杨荣捎回话,意思是让杨荣的儿子也去那儿。带信的人说,那活苦是苦了点,可钱真的好挣。

杨荣听了这话,一蹦八丈高,说,那钱就是用篮子往起揽,他也不会让他的儿子去的。他说他的儿子怎么能和杜木匠这种不讲信用的人在一起呢!

杨荣不让儿子去,可半边街其他的年轻人却动了心。他们就和那个人一起走了。

这年快过年时,半边街去煤矿的那些年轻人回到了半边街。短短几个月时间,他们就完全变了个样子。他们将半边街的年,过得是红红火火。

第二年一过完年,半边街更多的年轻人,都去了杜木匠的那个煤矿。临走时,有人想让杨荣的儿子一起走,可杨荣说什么也不同意。他说,和一个没有信用的人去干,还不如穷着。

杨荣依然过着他杀猪打零工的日子。

又过了半年,一天,杨荣正坐在柳树下钓鱼呢,有人说杜木匠回来了。杜木匠从街的那头过来时,身后还跟着一头肥硕的猪。杜木匠回来就回来,还带着一头猪。许多人都很好奇,紧紧地跟在了杜木匠后面。

杜木匠走到柳树前,就看到了杨荣。

杜木匠停了下来。那头猪也停了下来。它一边哼哼着,一边用嘴去啃从石缝里长出的草。

杜木匠喊了一声:"老哥。"

杨荣没理。不就是挣了几个钱吗,显摆什么。

杜木匠又喊了一声:"老哥。"

杜木匠说:"老哥,我是回来给你还肉来了。"说着,他看了那头猪一眼。

杨荣听了这话,嘴里哼了一声,说:"你不是说你从来没借过我的肉吗,还哪门子肉?"

杜木匠抬头看了周围人一眼。他也看出了大家的好奇。他说:"老哥,我当着我们半边街邻里的面给你赔个不是。当年,我真的借了你一块肉，那块肉是二斤八两。"

杨荣简直有些不相信，好像这话不是从杜木匠的嘴里说出来似的。

他说："那你当时为什么不承认？你不仅不承认，还反咬我一口，说我赖你？"

杜木匠有些歉疚地说："真对不起呀老哥，那时候，不是我不想承认，我清清楚楚我借了你的肉，可我一旦认了，我就得给你还。那时候，我真的还不起呀。老哥，我知道，就是十头猪也还不清你那二斤八两肉的情谊，这头猪，你权当是我还的良心吧。"

三　叔

这个冬天，三叔心情特别地好，他像一尾青鱼在村子里游来游去。他豁着一颗门牙，笑起来就更显出十二分的得意。

"家旺……哼！"他总是这样说。

家旺是我们村的村主任。三叔是龙，家旺是虎。龙与虎在我们村里争争斗斗了几十年，村里就村主任这个位子令人觊觎，他们都觉得自己在这个位子上更合适。三叔自从被家旺赶下台，他便一直在寻找着打败家旺的机会。按三叔的意思，家旺在这个冬天，必将走向他生命的穷途末路，败在他的手下。

这天中午，三叔在村里转了一圈，又回到了他的养鸡场。他昂首挺胸地站在一群母鸡们中间，手里握着拳头大的一枚鸡蛋。每当太阳出来时，他总会眯缝着眼，对着太阳举起那枚鸡蛋。他一直想弄清这个鸡蛋是双黄还是单黄。

他就这么看着。

后来,他听见母鸡们在叫,他抬头一看,二皮子的头像一颗硕大的鸡蛋,正从门外朝里张望。

二皮子告诉他,村主任家旺出事了,家旺的儿子将他那辆大客车开到悬崖下面去了,一同下去的还有一车人。

三叔的脸上扯出一丝笑。随即,那枚鸡蛋从三叔手上脱落了,磕出一片金黄。

三叔是在两天后去医院看望家旺的儿子的。三叔带去了一份厚重的礼物,也带去了一份凌人的盛气。两人斗了几十年,三叔知道家旺是轻易斗不败的。但这次,三叔见到家旺时,家旺却软得像一片树叶,儿子的伤并不重,但家旺的精神和他那多年苦心经营的家当却随着那大客车一起翻进了沟底。因此,他见到三叔时,自己先矮下去了三分。三叔站在家旺面前,仿佛是一个好斗的拳击手突然失去了对手那样失落。

在以后的漫漫冬季里,家旺再也打不起精神。三叔似乎受了感染,也一直打不起精神。他从心底里希望家旺突然有一天能振作起来,像以前一样和他斗一斗,但他一直等到春天来临,家旺像一条死鱼一样连一个小浪花也没翻起。

三叔终于耐不住了。他在春天接近尾声时来找家旺。他对家旺说出了思考已久的想法:他准备借给家旺一笔钱,让他重新买客车跑运输。家旺没有想到三叔会这样大度,他感激得差点给三叔跪下。看着家旺那个样子，三叔叹了口气，他心里明白，他之所以这样做，只有一个希望：家旺能重新振作起来，像以前那样和他斗一斗，那样活着才有意思。

美丽乡村

那天早上,他刚一进办公室,电视台的总导演就找到他。这么多年,电视台和他有很多合作,他和总导演都合作成朋友了。

他一看是总导演,就开玩笑说:"是不是又要我赞助?我都成了你们电视台的钱袋子了。"

总导演接过他递过来的烟,一屁股坐在沙发上,说:"你说说,你除了钱,还能有什么?"

开过玩笑,总导演才言归正传,说:"电视台准备拍一部关于乡村记忆的纪录片。地点选在你老家的那个村子,这一次,不要你出钱,但你得给我们帮帮别的忙。"

他的老家距县城有七十多里,是一个三面环山一面傍水的小山村。村子里的房子、门楼、院墙以及鸡舍、猪圈、牛栏清一色都是用青石板砌成。虽然没有街道,但户连户,舍连舍勾连成一片，错落有致，看起来特别美。他虽然离开村子多年，每年总会回去转上几次。这么多年，他在城里盖起了一栋栋大楼，心里却总是割舍不了那些青石板房。那里每个角落都有他美好的记忆。

一听说在他老家拍纪录片，他一下子就来了兴趣。

"你要我做什么？"

总导演说："是这样的，我们已到你老家那个村子踩过几次景了，一切都满意。唯一缺的就是人了。"

"缺人？"他有些不明白。

"是的。你的老家你知道。这几年村子里的人外出的外出，搬走的搬走，那天我们去村子采景时才发现，偌大的一个村子几乎成了空村。只有四五户人家，而且都是老人。"

他说："这我知道。"

总导演说："问题是，我们拍纪录片，不能拍个空村子吧，那么好的景致，没有人，拍出来又有什么意思呢？你想想，一个有人声、有狗叫又有炊烟的村子出现在电视里该是多么美的画面呀。"

他明白了总导演的意思，可这比出钱的难度还大。

"别给我说难。我知道你的能耐，凭你在你村里的威信，这事对你来说就不算个事。"

"这事还真是个事。"

送走总导演，他就开始给村里在外的人打电话。

一开始,大家听说要在老家的村子里拍电视,都兴奋得不得了。其实,每个人的心里还都装着老家村子的。可一说到具体的事情上,问题就来了,有的说生意忙走不开,有的说小孩要上学得照看,推三阻四找各种理由。

尽管难度大,最终他还是做通了全村人的工作。他答应所有人,回村拍电视的那几天生意上的所有损失都由他来承担。

事情总算定了下来。

竟然还有一个意外之喜。村子里一户准备给小孩结婚的人家,也被他说动,决定将婚礼搬回村子里举行。

在摄制组开拍的前两天,他和村里的人相约着,拖家带口地回到了村子里。

那时孩子们刚好放寒假。为了还原生活,他还特意买来了红辣椒、玉米棒子,将它们穿起来,挂在各家各户的山墙上。青石板墙红辣椒,一下子将所有人的记忆拉回到过去的岁月。

生活其实是不用导演的。大人们平时难得有这样的机会聚在一起,火塘里生起火,围在一起,就有说不完的话。小孩子们三个一群五个一伙,像自由的小鸟一样,在村子里追来跑去。偶尔地响起一声两声的狗叫,村子就一下子活起来了。

电视开拍的第二天,那户给小孩结婚的人家,门上贴上红红的对联,场院里摆起了酒席,全村的人都来喝喜酒。主家还请来响器班子,吹吹打打地热闹了起来。大家几乎都忘了拍电视的事。

纪录片拍得是异常顺利，杀青的那天，总导演握着他的手说："多么好的乡村生活呀，真有点儿舍不得离开呢。唯一遗憾的是，没有下雪，要是下一场雪，孩子们再在村子里打雪仗，堆上雪人就更有意思了。"

送走摄制组的那天晚上，他让老婆将炕烧热，美美地睡了一觉。这么多年他真的没有好好睡过一次安稳觉。瘦田、老婆、热炕头的日子真是好呀。

早上起床，他一打开门，外面竟然下起了雪。昨天晚上他已想好，和大伙商量一下，这个春节就在村子里过吧。

转过墙角，他却发现，村子里好多人正在将他们带回来的行李往公路上搬。那里停着他们开回来的车。有些手脚麻利的，已经将车发动了起来。

他们是在准备回城了。

怎么就不能在村子里过一个年呢？

他回过头往村子看去，此时，整个村庄一下子又安静了下来。雪越下越大了。那纷纷扬扬的大雪似乎要将整个村子掩埋掉。

拐　子

拐子自小死了爹娘，孤苦伶仃，无人管教，逐渐养成了好吃懒做、游手好闲的恶习。

到了十几岁，同龄的孩子都帮爹娘打猪草、砍柴，而他终日袖着手，在村子里东游西荡。天冷了，他死皮赖脸地坐在别人家的火塘前，凭你怎样变脸做气，他都装着没看见。实在饿了，他便将队里的玉米棒掰几个，再弄些黄豆放在坡上用火烧着吃。

转眼拐子长到了十八岁，队长让他到队里干点轻松活。可拐子手无缚鸡之力，连点苞谷粪也供不了，气得队长一顿臭骂。

这一年，大队组织文艺宣传队，要人，队长便把拐子送了去。

拐子去了，戏文不会唱，笛子、二胡、唢呐他一样不会。

宣传队队长就让他跟人专门搭台子。

那一次,宣传队到陈村学大寨工地去慰问演出。搭戏台子时,拐子不知钻到哪里磨蹭去了,直到台子快搭好了,方才跑来。搭台子的人就气不过,让他将主席像挂到天幕上去。拐子无奈,只好爬上桌子。主席像还未挂好,拐子感觉到脚向下一闪,就翻了下来。可那主席像却紧紧攥在他手里。

这件事,很快让公社革委会知道了。从此,拐子便红得发紫。因为他是为保护主席像而被摔拐的,理所当然地被评为先进分子。宣传队再不敢小眼看他,什么活也不让他干,只让他挂着拐杖,随宣传队做报告。每次报告,他总是要说:"我在摔下桌子时,第一件事想到的就是……"

半年后,村里原来从不正眼看他、长得白嫩的姑娘秀秀嫁给了他,并且生了五个孩子。

那一年,村子里的土地一股脑都划到了各户。队长念他拐了腿,儿女又小没给他分地,按月分给他提留口粮。两三年过去了,村里其他人气球般肥了起来,有人还起了砖楼;而拐子家,五个孩子都到了长身体的年龄,口粮不够吃。老婆再也沉不住气了,撇下他和五个孩子跑了。拐子气得昏睡了三天。

拐子爬起来去找村主任,要按人头分地。村主任说:"你这腿,能种地吗?"

"怎么不能?老实说,我这腿根本不拐。"

"什么?"

"我这腿根本不拐！"

"那……"

"是我装的。"

村主任不相信，众人惊得目瞪口呆。

确实，当初他只想躲几天懒，假装摔了腿。谁料到会被评为积极分子，而又得到了许多好处。他便装了下去。

现在，他要向人证明，他根本不拐。

然而，当他丢掉拐杖，刚要迈出第一步，却一个趔趄栽倒了。那腿怎么也伸不直了——他成了真正的拐子。

拐子一病不起，躺了三年。

去年冬至过后，拐子死了。

父亲的电话

　　父亲真是老了,耳朵越来越聋,你在他耳朵旁扔个炮仗他都不会有任何反应。

　　以前,闲下来时,他会到村口的老槐树下,和大家说些家长里短,听听村子里的大情小事。或者一个人泡一缸子老茶,抱着收音机,坐在院子里听花鼓戏,听秦腔。一声狗叫,他都能分清是谁家的狗。可现在,他的耳朵什么也听不进去了,好像在里面修了铜墙铁壁。树上的鸟不再叽叽喳喳了,鸡不鸣、狗不叫了。世界于他来说,只有一个字:静。

　　那时,母亲的身体还好。我们给家里打电话时,就打给她。然后,母亲再把我们通话的内容及问候,借助手势以及他们一起生活几十年的经验,传达给父亲。

　　父亲耳朵聋,口齿却非常清晰。他声音洪亮。母亲比画一句,他就会"嗯,哦,唉,呀"地说一句,以表示母亲转述的话他听明白了。末了,他就会对母亲说:"告诉儿子,我们啥都好着哩,别操心。有空了再回来看看。"

自从父亲的耳朵聋了之后,我们几乎很少和他说话了。不是我们不想和他说话,而是他再也听不清楚我们说什么了。他又不会唇语。许多时候,他总是答非所问。和他说话,说了等于没说。索性就不说了。

但父亲并不是不说话了。比如喂猪、喂羊、喂鸡时,父亲就会情不自禁地和它们说:"狗东西,这么好的吃食,还挑挑拣拣的。"或者说:"别抢呀,都有份的。"和动物说话有个最大的好处,就是你说你的,不需要它们回答。你只管表达你的意思就行了。父亲耳聋之后许多话都是与家里养的畜生们说。

父亲年轻时,脾气不怎么好,而母亲呢,爱唠叨。两个人常常因一些鸡毛蒜皮的事,一言不合就吵起来。那时候父亲常挂在嘴边的一句话就是:烦不烦呀,整天就跟个麻雀似的叽叽喳喳个没完。现在,父亲的耳朵聋了,母亲一下子也安静了下来,母亲说什么父亲都听不见,就不说了。倒是父亲说什么,她都言听计从,像个小媳妇似的。

有一次过节回家,我们和母亲开玩笑说:"娘,你看爹现在的样子像不像个领导,说啥你都听,他让你干啥你就干啥。"母亲说:"你以为他(父亲)能?我是让着他。现在,他什么都听不见了,和他吵他听不见,骂他他也听不见。他现在就剩下一张嘴了。我是可怜他。村主任父亲去逝,请来的响器班子,响器敲得那么响,戏唱得那么热闹,他愣是听不见。"

为了父亲的耳朵,我们也想了很多办法,中医西医都看过,根本不起任何作用。我们也试图给他戴上助听器,哪怕他能听见一丝声音也行。可他的耳朵真的是聋实心了。没有一点缝隙。只好作罢。

父亲的耳朵聋了,家里的氛围却是越来越和谐了。

过年时,我们一家人在一起,又说又笑的,父亲坐在那里,虽然听不见我们说什么,但见我们笑,他也跟着笑。他将他的孙子抱在怀里,掏出一个红包塞进孙子的手里。孙子拿着红包,将嘴凑近他的耳朵说:"谢谢爷爷。"这一次,父亲竟然听懂了,说:"不用谢!"

我们大家都笑。说父亲这句话是蒙对的。

春天的时候,母亲病了。中风。事先没有一点征兆。一切都来得很突然。

从医院里出来时,母亲留下了后遗症。说话口齿不清,每说一句话都相当费力。她坐在轮椅上,经常为要一件东西,或者要办什么事,憋得脸红脖子粗。而我们却不知所云。倒是父亲,母亲说什么,他一下子就听懂了。父亲说:"你娘说,她出院了,这病一时半会儿不会死,也好不了多快。她说你们都耽误了这么长时间了,你们都有自己的工作,该回去上班了。"

听了父亲翻译过来母亲的话,我们一时不知说什么好。说真的，我们去上班了，家里怎么能放心得下？母亲能听见我们说的话，却表达不出来；而父亲能表达，却听不见我们说什么。这以后，就是给家里打个电话，也是个问题。

父亲见我们愣在那里，似乎明白了我们的意思，他说："你们放心上班去吧。我虽然耳朵背，可我身体好着呢。我能照看你娘的。你们也别担心，你母亲说不了，可耳朵灵，我呢，听不见，却还能说。以后你们打电话了，我们两个人合起来接听。"

为了证明这种办法可行，我们进行了一项模拟实验：我们将母亲的手机放在了她的轮椅旁，拨响了电话，母亲听见电话铃声响起时，通过肢体动作将这个信息传递给了父亲。父亲拿起电话接通后，直接放到了嘴边。他说："你娘好着呢，我也好着呢。放心吧。"然后挂了电话。

回到城里，每次给家里打电话时，那个画面一直就在我的脑子里，像电影一样。而且，每次电话接通，父亲永远都是那句话：你娘好着呢，我也好着呢，放心吧。

而我，几乎什么也不用说。

三 年

　　她和他是一起考上大学的。他们俩成了这个美丽小镇走出去的唯一的两个大学生。四年时间，他们俩一起在大学校园里度过。她喜欢浪漫，而他喜欢读书，她就默默地陪在他的身边。毕业时，她依然回到那个美丽的小镇，在这个青山绿水的小镇上当上了一名老师，而他却以优异的成绩被学校保了研。

　　他成了这个美丽小镇最有出息的人。为了让他能安心读书，她和他约定，每过一段时间，她就去学校里看他一次，她会将他们家乡里他最爱吃的东西带给他。

　　从小镇到他读书的大学，需要坐五小时的车，虽然她晕车，但她还是坚持坐车去看他，而且每次都是到了他的宿舍楼下，她才给他打电话——她总是想给他一点惊喜。

校园的环境很美,他们找个安静的地方坐下来,她将给他带来的好吃的东西一一摆出来,她喜欢看着他一点点地将那些食物吃完。当然,吃不完的,她就给他打包,让他带回去慢慢吃。

两个人在一起时,就会说些分别后各自发生的事。他会说他的导师又搞了个什么新科研项目,他参加了。而她,说的当然是那个美丽的小镇上发生的事。

有一次,她一边看着他吃东西,一边漫不经心地说:"那个刘东,没事了总往我们学校里跑。"她看着他,说,"你说搞笑不搞笑,他还让我们的校长给他说媒要娶我呢。"

刘东是他们两人的同学,他的父亲在外面开矿,挣了很多钱,成了他们小镇的首富。刘东在中学都没毕业时就成了富二代。

他听了她说的话,停止了咀嚼。"你怎么不答应他呢,他家可是有钱呢。"

她开玩笑说:"只要你愿意,我就答应。"

说着,她就掏出纸巾去给他擦嘴。她想,这时,他会抱抱她,说些好听的话的,比如说:"刘东除了有几个臭钱,还有什么?"再比如:"我可不愿意呢,我心爱的女人怎么会让他去追呢?"

可他没有。他匆匆地吃完东西,站起来说:"下午还有一个重要的实验要做呢。"

她心里有些失落。可失落归失落,他是为了他的事业。她只好一个人又坐车回去了。

有些事,怕成了习惯。一旦成了习惯,就成了理所当然的了。比如说她去看他这件事,一开始就好像成了应该的了。他从来没有问过她坐车来累不累,晕车不晕车。她越来越晕车了,有时,她上车前不得不吃几片安眠药,以此来抵挡晕车。

有一个礼拜天,她没有去看他,因为她感冒了,她想他一定会着急的,一定会想她的。

下次去时,他却像什么事也没发生似的,问也没问,依然是不紧不慢地吃东西,说他的科研项目的进展。

她说:"刘东又买了部好车。你猜怎么着,他说他要开车送我来见你呢。"

他说:"你怎么老提刘东呀,你是不是喜欢上了他?"

她还想说什么的,想了想,没说。

从那之后,她去了再也不提刘东了,好像刘东这个人死了,从这个世界上蒸发了,消失了。

时间过得真快。转眼三年就要过去了。他马上就要毕业了。

那段时间,他很忙。要做毕业论文,要做毕业答辩,还要找工作。他让她不要来看他了,等一切安定下来就好了。

有一天,突然就传来消息,她嫁给了刘东,那时,他刚刚办完手里的事。

这太突然了。

他打电话质问她:"到底是怎么回事?"

她说:"我守了你三年,刘东守了我三年。"

她说她是意外知道的,这三年,她每次去看他时,刘东担心她,就悄悄地开车跟在班车的后面,这一跟就是三年。

她说:"我嫁给刘东真的不是为了他的财富,我是为了这三年。"

扳着指头数到十

那一年,刚过完年,爹就让娘收拾东西,说要回单位上班。

其实也没啥东西收拾的。几件洗净的旧衣裤,再就是过年时娘熬更守夜给爹做的一双新布鞋。

爹爱吸烟。娘就把切碎的旱烟装了一小布袋放进包里。娘还将自家熬的红苕糖用刀背敲了一块用纸包了,塞进包里。

爹在一个很远的乡下工作。爹说那地方白天狐狸都敢偷鸡呢。

我和娘把爹送到道场边。爹忽然记起什么似的,从衣袋里掏出一块零钱,爹说:"坎上的瓦匠昨天又犯了病,抽空去看一下。"爹说话时手指又在我的鼻子上刮了一下。

我说:"爹,你几时回来?"

爹笑笑说:"个把月吧。"

爹就去了。

我问娘:"个把月是多长时间?"娘说:"个把月就是一个月,就是三个十天。"

那时,我还没念书,扳着指头刚能数到十。

第二天,我随娘一块去看瓦匠。我们家的老房子漏雨,娘看瓦匠时就说了烧点瓦翻盖房子的事。回来时,我偷偷将瓦匠和好的泥搬了一疙瘩。娘还是看见了。娘说:"快给瓦匠送去,那泥是做瓦用的。"

我说:"我也是有用途的。我每天用泥捏一只小狗,捏够三个十了,爹不就回来了?"

娘就笑了。没再逼我将泥给瓦匠送去。

当天晚上,我便用泥捏了一只小狗。丑丑的小狗。我把它放到了屋檐下的鸡圈顶上。

开始时,我每天用泥捏一只。过了几天,我便有些急了。我知道爹每次回家,总会带些好吃的东西给我。娘也会做好吃的给爹。我便趁娘不注意时,隔个一两天偷偷多捏一只放进去。

过了一段时间,我问娘:"爹咋还不回来?我的小狗已够三个十了。"

娘说:"哪能呢?咱的鸡一天一个蛋,才一个十零九个呢。"

娘也并不识字,她记日子的办法和我一样。

日子过得很慢。

我在焦急的等待中,终于盼回了爹。

娘急忙从箱底摸出几颗鸡蛋去做饭。我便从鸡圈顶上拿来那些小狗。十个一堆,放了五堆零三个。

我说:"爹,你这次走的时间真长,我捏的小狗都五个十还多了三个呢。"

爹说:"你肯定多捏了。"爹边说边去掏他带回的包,"我是每天攒半个馒头。看看,三十四个半边,刚好三十四天呢。"

娘在灶间听了我和爹的对话,也插了言:"狗娃,你是不是偷了娘的鸡蛋?我就揣摸着不对劲。数来数去咋就差一个呢。"

爹就嘿嘿地笑了。娘也笑了。

那颗鸡蛋是我偷的。我把它打碎,装进一节竹筒里用火烧着吃了。

同 学

他和她是同学。他在市报做记者时,她已是他们那个市的市长。

一次,报社派他去采访她,他本想推辞,总编却说:"你和市长是同学,你去采访更方便些。"

他就去了。

他找到她的办公室,进门时,他见办公室有两个人正在和她说事,他叫了一声"市长",就想退出来,想等他们说完事再去。她见是他,说了一声:"先坐。"就又和那两人继续说事。声音冷得像块冰,有些爱理不理的样子。

他只好坐了下来。

很快,她就和那两人说完了事,也不是说完了,有些草草收兵的意思。可能是他在场,不好再说了。

那两人走后，她一下子像变了一个人，如同一条解冻的河，竟有了涟漪。她起身给他倒了一杯茶，然后在他旁边的沙发上坐了下来，说："哼，你刚才喊我什么来着？"

他笑了笑说："市长。"

她的这种变化，让他有些不适应。他看惯了电视上的那个她，严肃、认真、不苟言笑。

她说："我还以为你和其他同学不一样呢，可你也是这个样子。"

其实，他和她同学时，他是学习委员，学习成绩一直很好。只是他长得矮，一直自卑地活着。而她呢，学习一般，人却风情万种，是学校的一枝花，就活得自信满满。

两个人的差距因此就越来越大。像一棵树，她是往上长，他却斜着长出去了。

不过，他还是一直在暗暗地关注着她。

他是记者，也是个作家，名气虽然不太大，却总有作品在报刊上发表。她呢，也一直在关注着他。

那天的采访相当顺利，采访完了，她就问他说："你写了那么多的作品，出书了吗？"

他笑了笑，说："没。现在的出版社，没名气的作者出书都要自己掏钱。我没那闲钱。"

她就说："出吧。到时我投资。"

他说："谢谢市长同学了。"

她听他这样称呼她，摇头笑了笑，就没再说什么。

临走时，她送了他一条烟、一盒茶，还有一件衬衣。

他回家时打开衬衣的标签一看价钱，吓了一跳。

这之后，他很少再有机会见她。要见也是在电视上。她还是那个样子：严肃、认真、不苟言笑。他一直想回忆他们上学时她风情万种的样子，竟然就再也想不起来了。她那时的样子就这样从他的记忆中消失了。

半年后的一天，他突然接到一个同学的电话，说她出事了。一打听，竟然是真的。

传闻有很多个版本。其中有一条是，她的后院起了火。她的老公把她检举了。据说，她被带走后，没等人家怎么审问，她就一股脑地把她的事说了。

案子就办得很轻松、很顺利。她也很快就判了刑。

和别人不同，很多人出了这样的事后，都被转到别的监狱去改造，她却没有。据说，是她自己要求留在了本市的那所监狱。但她拒绝和所有去探望她的人见面。

一次，他去市监狱做一个调查，终于又见到了她。那时，她进去已有一年了，他呢，已做了市报的总编。

监狱长告诉他，她在这里表现得很好，只是她的情绪一直很低落。

他向监狱长提出了请求，把和她见面的地点放在了监狱里面的那块草坪里。当他看见她向他走来时，不知为什么，他竟然有些紧张。当然，她看起来更紧张些。

他没有喊她市长，也没叫她同学。他说："哎，知道我为什么来找你吗？"

她的情绪真的不怎么好。她说："不知道。"

他笑了一下说："你曾经可是答应过我一件事的。"

她"哦"了一声，似乎有些想不起来的样子。她把头抬起来向远处看去，草坪的边上有一棵树，有一只鸟飞过来，正好落在了那棵树的树枝上。

他说："你说过的，我出书，你投资。"

"噢。"她说。他看见她的眼睛亮了一下。

"还算数吗？"他问。

"可是，"她说，"可是……"

"没什么可是的，你说过的，就得算数。"

"为什么？"她说："没这个必要的。"

"当然有必要，你知道吗，那天你说出这话时，我的心里有多么激动？打我们一起上学时，你就是我心中的女神，我一直在暗恋着你的。在我的心里，你就是我的初恋！"

"真的？"她说。然后，她竟然有些羞涩地笑了一下。虽然转瞬即逝，但他还是看见了。

两头猪

　　郝老三给邻居家盖房时把腿摔残了。

　　郝老三的腿残了，心也残了。这之后，他就啥也不干了，自家的地荒着，猪圈闲着，鸡舍空着，他呢，就村上乡上县上地跑着去告邻居的状。再没事了，就瘸着一条腿像是一只癞皮狗似的在村子里东游西荡的，四处混吃混喝。

　　按理说，这件事怪他自己，是怪不得邻居的。

　　那天，邻居家房子上房梁，他去帮忙，站在房梁上，他突然内急，本来这事很简单的，从房梁上下来有楼梯，可他耍了个懒，见房后没人，就一撸裤子从房梁上往下尿。谁能想到就出事了，他的一泡尿浇出去，正好浇到了电线上，他就从房梁上栽了下来。

　　邻居赶紧把他送到乡医院，电没把人打死，郝老三的腿却残了。

出了这样的事，邻居也没少花钱，光医药费就花去了上万元。可郝老三误工费、精神损失费这费那费的又算了一大堆。最关键的是，郝老三还算了一笔养老费。他说他这腿一残，就干不了活了。以前，他干一天活，就能挣一百五十元。现在腿残了，再也没人找他干活了。这一天一百五十元，一个月是多少？一年是多少？后半生又是多少？这一算还真把人吓了一大跳。邻居本来没钱，这盖房的钱还是东拉西借的，叫郝老三这一算，尿都夹不住了。

两人去找村主任说理，村主任也断不了这个官司，就把郝老三弄成了个低保户，每月给一点低保钱，还帮他弄了一点扶贫款，又跑前跑后地帮郝老三办了个残疾证，每月也有一点钱，这样一来，这款那款的，郝老三每月也能领到不少的钱。村主任想，郝老三每月有了这些钱，再想办法挣一点钱，日子还是能过的，只要日子能过得去，他就不会再去告状了。

不承想，郝老三照样去告状，更不做事了，整天就在村子里晃来晃去的。

村子里的人都想办法弄钱搬迁到河道了，在那里盖了新房，只有郝老三还住在山里的老房里，日子越过越穷。村主任对郝老三说："三哥呀，你看你这日子过得！找点轻松的事干着，攒点钱，到时我们村里再想想办法，也在河道里给你盖两间房，到时搬下来住吧。"

郝老三一边打麻将一边说:"哼,我腿都这样了,要盖村里给盖吧。"

村主任气得直摇头。

转眼到了第二年春天,郝老三依然如故,天天起了床就跑到搬迁的新村,不是打麻将,就是在那里和人扯闲话。到了晚上才回他的家。

有天晚上,郝老三从新村回家时已是十点了,刚走到院子口,就听见院子里有什么声音。自从他残了腿,老婆和他离了婚后,这院子平时连个鬼影子都没有,这都大半夜了,是什么声音呢?

他轻手轻脚地又往前走了几步,竖着耳朵一听,竟然是猪叫的声音。

郝老三有些好奇,跑到猪圈边一看,果然看见有两头小猪正卧在猪圈里哼哼呢。

这两头小猪,大的有十来斤重,小的也有五六斤。郝老三啰啰啰地叫了几声,两只小家伙,竟然一颠一颠地跑到了他的面前,眯着眼定定地望着他。

郝老三见两只小猪肚子瘪瘪的,就赶紧跑回屋里将头天的剩饭用水拌了拌,端出来放进猪圈里,两个小家伙就唧唧唧地吃了起来,那短短的尾巴还一甩一甩的。

猪圈里平白地多了两头猪,这让郝老三很是高兴了一阵。

第二天,天还没亮,两只小家伙就哼哼唧唧地叫了起来。

沉寂的院子一下子就活泛了起来。郝老三赶紧起床，提了篮子到屋后打了些猪草回来。

郝老三把剁碎的猪草往猪圈里一放，两个小家伙，就像两个小孩一样，抢着吃了起来，时不时地还抬起头眯着眼看郝老三一眼。猪眯着眼的样子就像是笑一样。

自从有了这两头小猪，郝老三的日子一下子就变了，两张嘴天天等着吃，他就没时间再去新村里转悠了，他要去地里给猪打猪草，抽空又把猪圈收拾收拾。他还将屋后那块荒了多时的地挖出来，种上了苜蓿。闲下来时，他就把两头小猪从圈里放出来，任它们在院子里撒欢。有时，他搬只凳子坐在院子里，两头小猪就像他的两个孩子似的围着他转。

郝老三觉得这日子一下子有意思起来了。

过了一段时间，郝老三又去买了两只羊，还买了些小鸡回来。小鸡一放进院子，满院子都是叽叽喳喳的声音，小鸡们钻进草丛中，那些草就像是活了似的。

夏天来临时，屋后的苜蓿地开满了苜蓿花。

那时，那两头猪已长得很大了，肥嘟嘟的。他将两头猪从圈里放出来，又牵着羊去苜蓿地里放养。黑黑的猪、白白的羊在那块地里，简直就像是一幅画。

新村的人好长时间都没见郝老三了，他们见了郝老三以前的那个邻居，就问："这好长时间了，怎么没见郝老三来你家闹了呀？"邻居想了想，是呀，真的是有好长时间没见郝老三了。

他一个人住在原来的那个地方，该不会有什么事吧？

他们就去找村主任。村主任说："要不，我们一起回那里去看看吧。"

村主任带着他们几个人就回到原来住的那个地方。

人还没走到郝老三的院子，就听见从那里传来了郝老三的唱歌声，是他们常唱的山歌。等他们走到院子时，大家都惊呆了。

此时，郝老三那一向沉寂的院子，鸡飞狗跳的，歌声是从屋后的苜蓿地里传来的。只见郝老三躺在苜蓿花间，猪和羊围着他正在那里撒欢呢。

大家都惊叹，说："这郝老三是怎么了呢，短短的时间就有这么大的变化？"

只有村主任，站在那里，眯着眼一个劲儿地笑。

大 哥

　　大哥来信说，他要到城里来一趟，他说有件事现在看来非得让我出面帮忙了。

　　后来，大哥真的就来了。

　　几年没见大哥了。我发现眼前的大哥，身上有许多地方都发生了变化。以前，他总是修着小平头，现在却是那种很有点气势的大背头；先前爱穿西服的大哥，现在却穿上了中山装，言谈举止，总给人一种老谋深算的感觉。他抽烟，在点烟之前，总喜欢先拿眼瞄一下烟的牌子，说话也慢条斯理的。怎么说呢，我从大哥身上仿佛看到了以前乡下小乡长的那种小官僚的做派。

　　从乡下到城里，一千多里路程，不到万不得已，大哥是不会跑这么远的路亲自来找我的。吃完饭，我便有点迫不及待地问大哥。

我说:"大哥,有啥事在信上说一下我去办不就行了,干吗非得跑这么远,这阵子地里的农活正忙哪?"

大哥听了这话,抬眼看了妻一眼,便岔开了话题。我知道大哥是不想当妻的面唠叨那事,也便没问了。

第二日是星期天,我让妻带着女儿回娘家去了,关上门和大哥说话。

我们先扯了乡下和城里的许多闲话,然后才把话题说到正事上去。我说:"大哥,你到底有啥事找我?"

大哥说:"你离开村子早,村里的许多事你不知道。卫长炎你还记得吗?就是老地主卫兰怀的儿子。前两年他当上了村支书,在村里我好歹是村主任呢,可他啥事都不把我当村主任待。村里的大事小事都是他一手遮天。我从他当村支书那会儿就开始写入党申请书,可到现在,他就是不给我解决入党的事,为这事,我和他闹过几次。我说他是怕我入党对他构成威胁,自这以后,他明里暗里总是和我斗。说实话,当不当村主任是小事,我就是忍不下这口气。我知道你和书记专员都很熟的,我这次来,是想让你找找他们。卫长炎之所以在村里那么猖狂,不就是依靠权势弄了几个钱吗,他如果不当支书了,照样在我面前充孙子呢。"

听了大哥的话,我真的感到有些可笑。为了一个小村支书这样的官,竟然还搬到书记专员头上。但看看大哥的神色是那样的认真,我知道,在我们乡下,人们是把村支书看得比县长、省长都要牛的。

大哥说:"你看,当哥的这么多年了没找你办过事的,但这件事,你说啥也得帮帮我。我就不信斗不过他卫长炎!"

我说:"大哥,这事你放心,这样的小事,也用不着去搬书记专员,回头我给咱县的县长或书记写封信说说,他会处理好的。"

大哥当下就笑了,仿佛一块心病去掉了似的。这天晚上,妻给我们又弄了几个菜,我和大哥喝酒。大哥由于心里高兴,多喝了几杯,就醉了。他躺在床上时不时就笑出了声。

妻子问:"大哥让你办啥事,心里咋这么高兴?"

我说:"大哥是在谋权呢。"

大哥来时,说过这次要多住几天。我知道大哥千里迢迢来一趟不容易,第二天便决定带着他到城里的公园呀动物园呀去转转。

大哥说:"城里的公园无非也是山呀水呀的,哪能抵得上我们乡下的山清水秀。至于动物园嘛,就更不用看了。冬季上山砍柴哪趟不遇上几只狼呀豹的,比那关在笼子里的不知要活泼多少倍呢。"

这样,我和大哥就漫无目的地在大街上转悠了一天。到了傍黑,我对大哥说:"市中心刚建了一座立交桥,咱去看看吧。"大哥就同意了。

我和大哥到立交桥时，天已全黑了。华灯初上，整个城市看起来一片灯火通明，如同白昼一般。立交桥上人来人往，立交桥下车水马龙。大哥站在立交桥上，看着这景象，忽然就叹了一口气。

我问大哥怎么了。

大哥说："城里和乡下就是不一样呀！"

这天晚上，我和大哥一回到家，他就嚷嚷着收拾行李。我有点奇怪。大哥之前说要好好玩几天再回去，怎么突然间就改变主意要回去呢？妻子、女儿也一再挽留大哥，让大哥再住几天，可大哥说啥也不同意。我知道大哥的脾气，大哥这人弄啥事从来是说一不二的。大哥和支书闹矛盾能跑这么远来找我，他要是决定走怎么也是留不住的。

妻给大哥收拾行李时，大哥悄悄用手拉了拉我的衣角。我明白大哥一定还有话要对我说，就和大哥到了阳台上。

大哥又在狠狠地抽烟。大哥说："昨天我给你说的那件事就先不办了吧。"

这一下，我更有点吃惊了。千里迢迢跑这么远路程来找我，不知那事在他心里酝酿了多久了。可事情刚刚说过一天时间又突然变卦了，这里面一定有原因。

我说："大哥，这事不是说好了的，我给县长写信的嘛，怎么又改变主意了？你是不是不相信我的能力？"

大哥叹了一口气，他双眼穿过阳台，看着对面的楼房说："今天，我站在立交桥上时就想，城里人现在都过上啥日子了，可我们那穷地方为了一个小官还弄来弄去明争暗斗，真没意思呀！真的，一点意思都没有！"大哥说。

村　子

过年时，我们回到了村子。

一走一年。村子几乎没什么变化。门前的柿树还是一棵，房后的樱桃树也还是一棵，只是那棵柿子树今年开始结果子了，光秃秃的枝丫上吊着几个柿子，都有些干瘪了，颜色却是很红艳。

父亲说，幺爹死了。

幺爹是夏天死的，死了好多日子才被人发现。我想了半天，也没想起幺爹的模样来。不仅是幺爹，想一想，村子里许多人的模样都在脑子里模糊一团，云遮雾罩的。虽然住在一个村子，但大多数人一年到头也见不了一面。倒是幺爹的儿子熟悉得很，我们一块进的城，幺爹的儿子不愿在建筑工地上干活，他卖过凉皮，摆过烧烤摊，可最终都办不下去了，后来就去搞传销。

他有个漂亮的媳妇。他一心一意想挣钱,说再也不想回我们这个村子了。据说他的媳妇先是给人当保姆,穿得花枝招展,在人面前晃来晃去的。当着当着,就给他说,她再也不想回到他身边了,从此,我们就再也没见过那个女人。

父亲说:"宋宝财今年要过个殷实年了,他儿子虽然不能回来过年,可给他寄了五千元钱。"

宋宝财就住在我们家对面,冬日的阳光里,他正坐在院子里晒太阳。他得了半身不遂,口眼都有些歪斜了,他就那么偏着头看着地上自己的影子长了短了,一只大公鸡追一只花母鸡从他面前跑过时,他竟扯起嘴角笑了。我不知道他都这个样子了,这五千元会是怎么个花法。

从回到家的那天起,父亲总是给我说起村子里的一些事。父亲是个教师,一辈子就在我们村子里教书。一茬一茬,教过了父亲再教儿子。他对村子的熟悉远远超过了所有人,即使是村主任也没有他知道得那么清楚。谁家有几只鸡,谁家有几只碗,他都了如指掌。要不是他是教师,他可能早就是村主任了。

幺爹的死让父亲后悔不已。他说,要是幺爹家有个读书的孩子,幺爹也不至于死,再退一步说,最起码不会死了多少天了无人知道。村子里的学校原先有一百多个学生,那时的学校多么热闹呀,一清早学校里就会飘起琅琅的读书声。可现在整个学校只剩下十来个学生了。准确地说,只有十一个学生。父亲说,等到秋季,有两个小孩再升了初中,就只有九个孩子。

有人竟然和父亲开玩笑说，加上父亲，刚好坐一桌。

年很快就过完了，先是鞭炮声稀疏了下来，接着是有的人家门上那红红的灯笼被取了下来。以往，灯笼是要挂过了正月十五的，现在，这灯笼却只是挂了几天。随着最后几个人的离开，热闹的村子便一天天寂静了下来。

村主任是走得最晚的一个。

那天，村主任提了一只新买的洋瓷盆来到我家。村主任也是父亲的学生。村主任说："老师，村里这些老人的情况，你比我还熟悉，他们年岁大了，儿女们这一走又是一年，幺爹的死给了我们一个深刻教训呀。你看那电视上说得真是对，人老了，睡一觉，醒了，一晚上过去了；睡一觉不醒，这一辈子就过去了。说真话，村子的人家都住得分散，要是有个什么事，谁能知道呢？这多天，我想来想去，只有一个办法了，我给每家每户也都发了一只洋瓷盆，以后每天早上起床了，麻烦你就站在你家道场边敲一敲这洋瓷盆，只要他们好好的没什么意外，他们也会敲一敲洋瓷盆给你个回应的。"说着，村主任就提了那只洋瓷盆走到道场边从地上捡起一根木棒，当当当地敲了起来。洋瓷盆的声音厚实而又尖利，果然，村主任手里的盆声刚停下，村里就响起了洋瓷盆的回应声。

一家，两家，三家。一时村子里敲盆声此起彼伏。

入侵者

　　她失恋了。她的男友背弃了她。另一个女孩撞进了她和他安静的生活。

　　于是，她背上背包，想找一个远离尘嚣的地方走走，把过去的生活梳理一下。

　　她选择了西部一个边远的山村。她是从地图上找到那个小山村的。

　　一路向西。

　　再一路向西。

　　当她离城市越来越远时，眼前的景致却越来越美丽了。等她到了那个小山村，她觉得她吸进的空气都带着一股甜甜的香味。她在这里留了下来。

　　这个村子有一个好听的名字：阿月村。

陌生，总是让人充满着好奇的。这里的景，这里的人，还有她在这里见到的每一个孩子懵懂的眼神，让她为自己作出了一个大胆的决定，她要在这里做一个志愿者。她想：也许我能给这些孩子的命运带来些改变呢。

　　确实，她的到来，让这个平静的村子一下子蓬勃了起来。她开始教这里的孩子们唱歌跳舞，教他们画画，还教他们用笔把这里的美描述出来……

　　她就像春天里的一场雨，让阿月村一下子变得五彩缤纷了起来。

　　可是，最初的新鲜感过去之后，她发现，这个美丽的山村，根本就不属于她。虽然她给这里的孩子们带来了快乐，但，她发现，她是越来越不快乐了。

　　她本想，她是完全可以忘掉过去的。可是一到夜深人静，透过窗户，看到天幕上的那轮圆月时，她才发现，忘掉一个人，是那样的难。就像地里的稗草，你越是想让它腐掉、烂掉，可它越是会像秧苗一样重新从地里长出来，而且越来越茂盛。

　　她知道她和他的爱情也许并没有走到尽头，只是那个入侵者的偶然撞入，让她和他的爱情出现了一些小小的麻烦而已。她和他相恋了三年，三年的时间，他们一起经历了多少风风雨雨？

　　想一想，她来到这个山村已经三个多月了。三个月，她让这个平静的小山村改变了，她让这个小山村的孩子们改变了，可她不知道，她和他的爱情会有怎样的变化？

她终于忍不住，打开了关闭的手机，那一刻，她听到了铺天盖地的短信声。不用看，她就知道，这些短信全是他发来的。不用想，她也能知道那些短信的内容，她知道，时间打败了那个爱情入侵者。

现在，是该她作出决定的时刻了。

她拿出手机，对着窗外的天幕，拍下了那轮圆月，然后，写了句"山中月满"，给他发了过去。

她是趁着夜色悄悄离开阿月村的。她怕她的离开会让这里的孩子们伤心。

她只给他们留下了一句话：但愿我的到来，能给你们的生活带来改变。

她又回到了本就属于她的生活中。她的朋友圈都知道了，在这个世界上，还有一个叫阿月村的地方。他们从她的嘴里知道了那里的美丽和贫困。

又是三个月过去了，一天，一个在电视台工作的朋友打电话告诉她说，他有个采访任务要去西南边陲，他在地图上看了，那里离阿月村很近的，他想去那里看看。

她听到这个消息异常地兴奋，专门去买了很多画画用的纸笔，让朋友将这些东西捎给那里的孩子们。

十天后，朋友回来了，给她带回了他在阿月村的影像资料。

她又看到了那些熟悉而又陌生的面孔。

她看到，当她的朋友将她给那些小孩们买的纸和笔分发给他们时，他们并没有她想象的那样兴奋。她甚至从他们的脸上看到了漠然。

朋友问一个小孩说："你还记得那个教你们画画、唱歌的老师吗？"

小孩："……"

朋友说："你是不是很想她？"

小孩："……"

"那么，她教你们画的画还在吗，能不能让我看看？"

小孩终于开口了，说："撕了！"

"撕了？！"看到这儿，她的心不由一颤。

朋友显然也吃惊不小，说："为什么不留着？"

小孩说："留着和不留都一样。"

这时，一个女人的声音说："她就不该来的。她来了，把孩子们的心弄乱了，她却又走了。"

画面上一直没出现那个女人，但那声音却像一枚枚针一样，一下一下地扎在了她的心上。

袅袅升起的炊烟

炊烟升起的时候,我们喜欢坐在村子对面的河堤上数烟囱。一个烟囱一缕炊烟,一缕炊烟就是一户人家。

烟囱也好像是和我们捉迷藏似的,夏天,我们数来数去,只有十八个。到了冬天,烟囱无端地就会多出两个,变成了二十个。那两个烟囱在夏天时,被茂密的树叶遮住了。到了冬天,树叶落了,烟囱才探头探脑地冒了出来。

大下巴的家就是在一片树林的后面。他家的烟囱被茂密的树林严严实实地遮了一个夏天。

大下巴家的烟囱有些特别。村子里家家户户的烟囱都是用砖垒起来的,方方正正。只有他家的烟囱是用瓦筒箍起来的,圆圆的,直直地戳在房顶上。

其实,大下巴家的烟囱是大下巴爹自个儿修的。不仅如此,村子里的烟囱都是出自他的手艺。

大下巴的爹是个泥水匠,他的泥水活远近有名。村子里盖房起灶了,得找他,结婚盘炕了也得找他。他的手里拎着一把瓦刀,这家进那家出的,很是红火。

大下巴有时也跟在他爹的屁股后面,他爹吃香的,他也跟着喝辣的。这让我们都很眼馋。

大下巴爹是个顶聪明的人。他手里的活做得干净利索不说,脑子也很灵光。他在给人起灶盘炕时,经常使些小把戏。比如说盘炕,他要是想整饬谁了,炕盘出来,使再大的火,就是烧不热,冰冷冰冷的,像我们学校校长的脸。或者是让你憋不住尿,一睡在炕上,就让你想尿。一个晚上让你起个七八回夜,那是轻的。特别是新婚的炕,两个新人睡在上面,还没怎么动,那炕却好似地动山摇的,要塌了的样子,弄得你想好好地折腾一下子都不敢。叫新娘新郎满肚子都窝着火。

新娘新郎都有些害羞,不好意思找他。婆婆就会出面,喜烟喜糖的直献殷勤,说:"我那媳妇好着呢,又勤快,又孝顺,别整娃了。"

大下巴爹就会笑着进屋,一阵鼓捣,再睡到炕上,你就是翻跟头也是稳稳当当的了。

七爹的烟囱也是被树林遮了整整一个夏天。不过他家门前的树并不怎么茂密,一进入秋天,就能隐隐约约地看见了,在树林后面闪闪烁烁的。

七爷在夏天时，给儿子结了婚。吹吹打打的很是热闹。到了秋天，儿媳妇就横眉怒目地吵着要和七爷分家。七爷的儿媳妇是外村人，胖得让人一看就气喘，她要是往哪儿一戳，就占地方。

七爷不想分家。七爷就这么一个儿子，老伴身体又不好，他指望着把儿媳妇娶回来能有口热乎饭吃呢。可儿媳妇一次次地闹。那就分吧。

秋天刚收回来的粮食分了，几口破家具分了，三间房子也分了。七爷觉得偌大个家，一下子就空去了一半。

分了家，就得另起炉灶。

这活儿，自然是大下巴爹去干。

起灶那天，是个非常晴朗的日子。大下巴爹看见七爷垂头丧气地坐在那儿抽烟，便对七爷的儿子说："分什么家呢？家有老，是个宝！"

七爷的儿子太蔫巴，一句话还没囫囵出来，正在洗碗的儿媳妇，把手里的碗弄得乒乒乓乓的一片响。大下巴爹就再也不吱声了。他开始和泥，搬砖起灶。也就一天的工夫，灶就起好了。七爷的儿媳妇还噼里啪啦放了一挂鞭炮。

灶是起好了，七爷的儿媳妇做饭时却发现，那烟不顺着烟囱往外走，全聚在了屋子里，熏得她眼都睁不开。一顿饭做得下来，双眼红得跟兔子似的。

七爷的儿媳去找大下巴的爹，请他帮她收拾收拾。大下巴爹头都没抬，说："也只有一个办法可治。再做饭时把你公爹公婆的饭一并做了，也许就好了。"

那天晚上，夜深人静时，大下巴爹拿了一根长竹竿悄悄爬上了那个新起的烟囱，他做烟囱时，在里面故意放了几张皮纸，堵住了烟囱道。他用竹竿轻轻一捅，那纸就破了，烟囱道自然也就通了。

第二天，七爹的儿媳妇就和七爹把家合了，她去烧火做饭时，果然烟囱通了。那一直不通的烟囱飘起了袅袅炊烟。

游 戏

城市的一角,一群孩子正在玩一场游戏。他们先将所有参加游戏的人分成两派:一派是正面人物;另一派是反面人物。之后,他们就各司其职,全副武装,开始了一场有趣的战斗。战斗一开始就进行得非常激烈,许多敌人在正义的枪口下纷纷被击毙。当然,那些被打死的敌人,很快就会从地上爬将起来,又组成一股新的反抗势力。接着,敌人里的一名要员被活捉了。两名战士十分荣耀地将俘虏押送到司令部那里(司令是统管正反两派的)。司令犯了难。他事先并没有想到敌人会被活捉这一点。参谋便说:"司令,咱设个牢房吧!"司令觉得这建议不错,就用粉笔在水泥地上画了一间大大的牢房,命令将俘虏押进去,并让两名战士守在牢房的门旁。

其时,战斗进行得正激烈。呼声、喊声、哒哒哒的枪声此起彼伏响成一片。两名看管的战士听着喊声杀声，看着那激烈的战斗场面，实在有些耐不住了，心里痒痒得如同兔跳。就在这时，其中一名战士急中生智，就想出了逃脱这苦差事的办法：他用粉笔在牢房的门旁画了两个高大的持枪者。当时，司令手下人员正告急，一看这法儿挺不错的，就满脸高兴地给他们安排了新任务。

过了一会儿，那名俘虏实在有些忍不住了，也效法用粉笔在牢房里画了一个人。然后，又投入到火热的战斗中去了。不过，这次他已脱胎换骨，成了正面人物里的一员。

敌人一个一个被俘虏。但这次俘虏来的敌人，只在牢房里待一会儿，就被用粉笔画的人取代了。

很快地，敌人被活捉光了。所有被俘虏来的敌人都变成了正面人物。只是地上画的牢房已排成了长长的一串，并且里面都满满地关押着画的俘虏。

没有了敌人，仗就无法再打下去，也无须再打下去。于是，在参谋的提议下，大家又玩开了"过家家"。男孩女孩自然搭配开。司令用粉笔在牢房前画了一条街道，让大家依次沿街道的两旁给自己建造家园。

这次，大家的兴致似乎比先前更大。他们开动脑筋，都想把自己的家园设计得别具一格，时间不长，一座新型的城市就初具规模：亭亭玉立的中式小洋楼，拔地而起；错落有致的俄罗斯建筑，匠心独具；雕梁画栋、飞檐斗拱的仿唐建筑，古香古色；还有北京的四合院，乡村的茅庵草舍。

有的还在房舍的后面修了草坪、花园、游泳池、娱乐场等。同时，街道上也有了熙攘往来的行人车辆。此时，这些孩子们似乎被这些美丽的建筑陶醉了。他们索性将自己也画进了这个迷人的城市中去了。他们想象着自己在那碧绿的游泳池中游泳的矫健姿势；想象着自己在这座城市开车穿行而过；想象着自己在这座城市中能进行的一切，似乎自己已主宰了这座城市。

在这群孩子中，只有那个第一个做了俘房的孩子似乎和大家有点不一样。他没有将司令给自己划的地盘建成自己的家园。他在那块地方，设计了一所美丽的校园——那是这个城市永远也找不出第二个的校园。然而，就在他刚刚把这所校园建好时，突然响起了一阵汽车的喇叭声。大家抬头望去，一辆洒水车呼啸而来。

孩子们不得不离开那里。他们恋恋不舍，却又无可奈何。他们眼巴巴地看着那座美丽的城市被洒水车喷洒出来的水柱吞食掉。就在这时，孩子们忽然发现，那个画了校园的孩子却依然定定地站在那里。他似乎对洒水车的到来视而不见。洒水车不得不停下来。司机愤愤地跳下车，气势汹汹地朝那孩子走过去。

事情并非像人们想象的那样发展下去。当那司机走近那孩子，望了一眼孩子面前的地面之后，他笑了。他摸了摸那孩子的头，然后跳上车关掉了车上的水闸。车慢慢从孩子身旁开过去，直到很远很远了，司机才打开水闸。于是整个街道就出现了一块干干的地面。那地面站着那个孩子。那孩子泪流满面地望着那地面上的校园。

复 仇

　　我们村里的每一个小孩长得都像自己的父亲。外村人到村里来找人讨债要账,一般是不问路的,他们只需悄悄地在村口看看我们这些小孩的脸,就会认出我们是谁家的孩子。一般情况下,他跟着他认准的那个小孩子的屁股后面走,是错不了的。

　　也有失误的时候,比如那讨债的人明明认准了他跟着的那个孩子长得很像欠他账的人,等走到门口,却发现那孩子的父亲并不是欠他账的人。这种情况,不是这个小孩长走了样,也不是那个讨债的人认错人了,而是那小孩的父亲压根就不是他的亲生父亲。

　　这闲话扯得有些远了。

　　还是说正事吧。

那年夏天，村里的豆花一个人走夜路，被人强暴了。

夜太黑，豆花没能认出那个人的模样，算是吃了个哑巴亏。

一个黄花大闺女就这样被人糟蹋了，豆花哭得像个泪人，豆花娘哭得更是泪人一个。

这事在村子里传开了，大家都劝豆花娘，找个不知情的外村人赶紧把豆花嫁了。反正豆花也十八了，也该嫁人了。

事情还没个眉目呢，豆花发现，只要一吃饭就会呕吐。她以为自己病了，便告知娘。

豆花娘一听，脸都白了，她明白，豆花是怀上了孩子了。

这可是张扬不得的事，豆花娘悄悄地去找医生刘立庆，想让他帮豆花做掉肚子里的孩子，好让豆花清清爽爽地嫁个好人家。

可豆花说什么也不愿意，她的眼红红的，恶狠狠地都能杀了人。

豆花说："我不能就这样让那个狗杂种白白地糟践了我，我要生下这个孩子！"

豆花娘说："你生下了这个孩子怎样嫁人呀？"

豆花说："我就是不嫁人也要生下这个孩子。"

豆花娘的唾沫星子都说干了，泪也流干了，却也没能说服豆花。

豆花犟得就像一头牛。

豆花是夏天被人强暴的，到了第二年春夏之交，豆花生下了一个小孩，是个男孩。

豆花给儿子取了个名字：仇仇。言外之意是仇人的儿子。

开始的时候，豆花有些灰心，这孩子长得和其他的孩子几乎没有什么区别，像是一个模子刻出来的。直到仇仇半岁了，眉眼才长开些，渐渐有了和别的孩子不一样的特征来。

仇仇再长大些，能走路了，能说话了，能叫妈妈了，豆花越看越觉得仇仇像村里的一个人。豆花将孩子抱出门，一些不知情的人一看豆花怀里的孩子，就把豆花当成了那个人的老婆。他们叫着那个人的名字，说："真是艳福不浅呀，讨了这么美的一个老婆。"

豆花就笑了。咯咯咯，很开心的样子。

一个早晨，豆花将自己收拾得利利索索，就抱着仇仇出了门。

她走出了村子，去了镇里。

在镇子的派出所里，豆花说出了她当年被强奸的事。

所长歉疚地说："真是对不起，这案子当时没有一点线索，我们也是无能为力呀。"

豆花就说出了强奸她的人的名字。

所长说："怎么可能呢，你当时不是说没认清那人吗？这事可开不得玩笑的，你有证据吗？"

豆花便将怀里的孩子递给了所长，说："为了能找到那个人，我生下了他的孩子。"

大家都很吃惊。

很快，那个人便被逮了。

开始那个人还百般抵赖，当他被带到豆花面前，看见豆花怀里的孩子时，不由吃了一惊，没等审问，便老老实实地交代了。

那个人被关进了监狱，被判了刑。

豆花看着那个当年强奸他的人被关进了监狱，抱着仇仇痛哭了一场。

豆花一直没再嫁人，她一个人养着仇仇，直到仇仇长大成人。

条　子

师校长坐到办公桌前，正准备静下心来处理几个要紧的文件，门又被敲响了。

咚咚咚，咚咚咚。三节拍的。

师校长心里开始有些烦躁了，整个上午迎来送往的，他的门几乎就没有消停过。咚咚咚，一律是这个节奏。咚咚或是咚咚咚咚，你敲门时的节奏也变一下呀！

话虽这么说，但他还是很有礼貌地说了一声："请进！"

这一次，进来的是个三十多岁的女子，漂亮的脸蛋配一袭长裙，看起来端庄而又文静。不过，师校长还是明显地感觉出，那张灿烂的笑脸背后藏着几分傲气。这种内敛的傲气更让人捉摸不透她的来头。

不等女子开口，师校长就明白，这又是一个想调进他们学校的,并且手里一定攥有一重要人物的条子。

"是来说调动工作的事的吧?"师校长决定先入为主。

"是的,师校长。"女人说着就在椅子上坐了下来。

师校长将面前的一个本子推到女子面前,说:"将你的情况登记一下吧,回头研究时,我会重点考虑的。哦,对了,记得将你的电话留下,以便有什么情况和你联系。"

女子在登记时,师校长又接了一个电话,说的还是调动的事。师校长对着电话打着哈哈。

放下电话,女子已登记完了,师校长见女子坐在那儿并没有走的意思,便问:"还有事吗?"

女子站起身时,手上就多了一张条子,她将条子放在了师校长的办公桌上。师校长瞄了一眼那条子,是县财政局局长大人写的。这个字师校长太熟悉了,每年去要经费时,没有这几个字,你是一分钱也要不到的。

师校长拿起那条子,看了看,还是递给了那女子。

师校长说:"条子你还是自己拿着吧,等我们通知你来时,你再带着它来。放在我这儿弄丢了可就麻烦了。"说着,他的嘴角还扯起了一缕笑,看起来十分友善。

送走那个女子,师校长拿起桌上的本子一看,短短的三天时间,已有二十多个人来找他了,而这二十多个人每个人的手里都攥着一个要害人物的条子。每张条子都是要人命的。可这次进人的名额却只有两个,师校长是想调两个业务能力强的教师进来，可许多人却把这当作进城的好机会，他们调动各种关系来抢这个机会。

第二天，师校长叫来校办主任，他把那个本子递给主任说："通知这些人，明天早上八点准时来学校，过期不候。"

校办主任有些不明白，说："只有两个名额，他们都来吗？"

师校长笑了笑说："都来吧。"

第二天一早，登记簿上的那些人早早就来到学校。

八点钟，师校长让主任把大家都集中到小会议室。等人齐了后，师校长说："我们开个会吧。"大家都不知师校长葫芦里卖的是什么药。

师校长说："这次我们学校调进教师的名额只有两个。可在座的都想进来，况且，你们每个人的手里都攥着张条子，写条子的人都是重要的人物，我一个也得罪不起，那么怎么办呢？我想了一个办法，大家都把条子拿出来，我们排一排吧，谁手里的条子官大权重，咱就调谁吧，官小的自然刷掉。"

所有人都没想到师校长会想出这个办法来。

于是，每个人都把自己手里的条子拿了出来，交给校办主任，然后当着大家的面一个一个地排。最终，只有县委书记和县长写的条子留了下来。

师校长说："没办法，这事只能这么定了。"

送走那些人后，校办主任将书记和县长的条子交给了师校长。

主任说:"校长,那我们考察的那两个优秀教师怎么办?"

师校长没有说话,他只是将书记和县长写的那两张条子拿出来,一下一下地撕,他撕得很细很细。之后,就随手扔进了垃圾箱里。

主任吃惊地说:"校长,你怎么把书记和县长写的条子撕了?"

师校长说:"这条子根本就不是书记和县长写的。赶快下文吧,把考察好的那两个教师调进来。"

每个门槛下面都有一把钥匙

村里总共二十多户人家,三三两两地错落在山根下。村子里树多,房前屋后都是。要是在夏天,你是看不到村里的房屋的,只有等到中午或黄昏,那一缕一缕的炊烟从树梢上冒出来,你才会惊叹,原来,这里住着这么多人家呢。

一缕烟,一个家。

顺子站在回村的路口。现在是秋天,风舔光了树上的叶子。他看见自己家的房子闪烁在那片树林里,心里有些紧张又有些害怕。

三年了。他离开村子都三年了。记得他当时离开村子时,门前的树刚刚长到屋檐高,现在再看看,那树竟然就盖过了屋顶了。

顺子自出生起直到上高中,就没离开过这个村子,村子里的人都是靠种地为生，每天早上，屋外树上的鸟儿一开始喳喳，他们就起了床，孩子们背了书包去上学，大人们便扛了锄头下地去干活。一把锁锁了门，钥匙就丢在门槛下，家家户户都这样。

在村里，谁都知道谁家的钥匙放在什么地方。有时，老张家的在地里干活，种子完了，要回家去取种子，老李家便从地里冒出头对他喊："老张呀，顺道上我家去取壶水给我捎来吧。"老张就会走到老李家门前，从老李家门槛下取出钥匙开了门，拿了水壶。那样子就好像是进自家的门一样。因此，锁在村子里就成了一个摆设，真正失去了它存在的意义。

顺子家的钥匙也是放在门槛下的。顺子的父亲几年前就去世了。尽管那时顺子已远离村子上了高中，一个星期才回家一次，但顺子的母亲还是习惯将钥匙放在门槛下。顺子明白，母亲是怕自己在地里忙了，他回来随时都可以进门。

可是，就在三年前，顺子的母亲突然就病倒了，村子里的人帮忙将顺子的母亲送到了县医院。当医生告知顺子他母亲的病情时，顺子呆住了。要治好母亲的病，需要一大笔钱。

顺子和母亲相依为命，哪来这么多钱呀。

顺子整整想了几天，为了救母亲，他决定铤而走险。

顺子有个同学曾带顺子去过他家，同学的父亲是家企业的老板，很有钱。就在前两天，他的同学告诉他，他们一家要上外地旅游去了。

那天晚上，顺子等护士查过房，母亲也睡下后，便一个人悄悄出了门。

顺子很顺利地找到了那个同学的家。

他在那扇门前定定地站了好长时间，还是伸手按下了门铃。他想，这时要是屋里有人，他就会放弃那个念头的。

可他等了好长时间，屋里却是没有动静。

也许这就是老天的安排吧。

在确定屋里确实没有人后，顺子从身上掏出了提前准备好的工具。

这是一款梅花牌的锁，顺子很是费了一些劲儿，才把它弄开。

一切都是那样的顺利，顺子很快就找到了钱，一摞一摞地码在那里。顺子还没见过这么多的钱。他的手都有些抖了。哗哗的，他好像都能听得见自己手抖动的声音。

顺子将钱拿出来，又放了一些回去，再想了想，又放了些回去。他将手里的钱掂了掂，确定这些钱足够给母亲治病了，才将钱揣进包里，出了门。

两天，仅仅两天，警察就将顺子从医院里带走了。

顺子被定为盗窃罪，判了三年半。

顺子沿着回村的路，一步一步往前走着。三年了，他不知道村子里会发生什么变化。

正是黄昏，村里在地里干活的人都开始回家，顺子看见，已有回家早的人，正从门槛下面摸出钥匙打开门。

顺子借着黄昏作掩护，悄悄地走到自家的门前。

门锁着，那锁看起来冷冰冰的。

顺子习惯性地弯下身子，将手伸进门槛下面，竟然摸到了钥匙。三年呀，难道这把钥匙一直在门槛下躺了三年？

顺子进了门，反手将门关上。想了想，他又拿出那把锁，把手从门缝伸出去，将门锁上，也许是出于习惯，他锁上门后，顺手将钥匙放在了门槛下。这样，从他门前经过的人，就不会发现他回来了。他这次回来，只是想偷偷地看一眼这个家，看一眼他的母亲。他是没脸再在这里待下去的。

顺子走到窗前拉好窗帘，才打开灯。

屋子里的一切都和三年前一样，不一样的是，三年前，每次回到家里，母亲就会忙前忙后，而现在，母亲却一动不动地待在墙上的相框里。

那天晚上，顺子是这三年来第一次睡的一个好觉。直到第二天早上，外面树上的鸟儿叽叽喳喳地叫，他都没听见。

直到快中午时，他才被开锁的声音弄醒。

他竖起耳朵听了听，确实是开锁的声音，而且就是他家的门。

顺子赶忙起床，他从卧房里走出来时，见一个女人正推开他家的门，走了进来。

女人看见顺子，吃了一惊。接着，她的脸由吃惊变为了惊喜。

女人说："顺子，你回来了？"

这女人是村里蒋木匠的媳妇，她怎么进到他的家里来了？

顺子的疑惑写在了脸上。蒋木匠的女人便说："顺子，回来了好呀，村里人都说你是个孝子，你娘走时对村主任说，要他帮着看好这个家等你回来。村主任便安排人每隔一段时间，就来你家帮着打扫打扫，他想让你回来时，家里是干干净净的。这不，今天临到我了。"

蒋木匠的媳妇说着，就开始扫地抹桌子。

顺子也在抹，不过他抹的是脸上的泪，不知怎的，那泪越抹越多。

蒋木匠的媳妇打扫完屋子，便出了门。顺子也跟着蒋木匠的媳妇走出了门。那时已近中午，顺子看见村子里的人开始陆续从地里回来，他们走到门前，从门槛下掏出钥匙打开了门上的锁。

桂　花

高高的山梁上有一棵树。是一棵桂花树。

桂花树很大。于是，树背后那两间墙皮已被风雨蚕食剥落了的石板房，越发显得矮小。

石板房里住着一个女人，一个独身女人。

桂花开了，谢了；谢了，又开了。女人仍旧是孑然一身。

那个时候，女人干完了一天的活，就在桂花树下坐下，怀里抱着与她为伴的老花猫，守望着桂花树，把一天剩余的时间打发掉。夜色渐浓，猫不叫，人不语。如绳的小路在苍茫中延伸，山野寂静，女人心里也空空的。

女人叫桂花，长着一副白净的脸面。小巧玲珑的腰身，软软的，就是石头心肠的男人看了，也会生出许多念头。桂花的娘家，在一个比这个地方更苦穷的山沟沟里。因她有了这般姣好迷人的腰身，因她有了这般爱死人的脸面，就嫁到了这个比她娘家好出十倍的地方。做女孩的千般好处就在这里：男孩子生在了哪里，便像这棵桂花树一样，永远不能挪动。而女孩，就可择地、择人而嫁。更何况桂花又是这等出众、漂亮的女子呢？

桂花嫁到这里时，正是八月。米黄色的桂花开得正旺，浓浓淡淡的幽香飘出老远老远。那天，山里的沟沟洼洼，一下子冒出许多人，他们走十里八里，赶到这里，看一眼做新娘的桂花，就叹一声天底下还有如此这般水灵的美人！桂花那虎背熊腰的男人，拥着桂花，得意得不得了，从家里搬出深藏在红苕窖里的桂花老酒，把那些老死不相往来的村人，喝得一塌糊涂。

但是，就在第二年春天，桂花那虎背熊腰的男人，在修山里通往山外的公路时，终没能顶过一块大石的突袭，丢了她，丢了那两间石板房，丢了那棵桂花树去了。男人去了，连个养崽的种都没给她留下，而给她留下的却是"灾星""克星"的坏名。村里人本来来往就少，现在见了她，更像逃避瘟神似的，躲得老远。公路通了，山里热闹了起来，而桂花空守着那棵桂花树，更加冷清。到后来，冷清惯了，也就不再感到冷清了，她便养了一只猫。她就一天天抱着那只老猫坐在桂花树下，看山里人沿公路去了山外，看山外人沿着公路进了山里。

又是八月。某一天，一个山外来客路过她门前时，发现了她和她背靠着的那棵桂花树。那人走近她,说:"大嫂,将你这棵桂花卖几枝与我吧!"她说:"这么大一棵树,卖什么?你随便折吧!"那人搭梯爬上树,足足折了一抱,然后,将它插在车头,骑上车走了。临上车时,那人回过头,冲她感激地一笑。这些年,她几乎没有见过笑是怎么一回事。她心里好激动哟,她感激地向那人点了点头。

这之后的日子,桂花的生活发生了很大的变化,好似平静的水潭,一下涌来了许多鱼儿,在水中搅出了许多七彩的浪花。

就在那折桂花的人走后的第二天,桂花吃罢早饭,在炕栏上拴了老猫,正待上后坡去收南瓜时,猛然发现,从公路走来许多人。老的、少的、姑娘、小伙,纷纷朝桂花树下涌。桂花的场院里顿时热闹起来。笑声一浪盖过一浪,惊跑了满树鸟儿,带走了笼罩场院多年的死寂。桂花知道了他们都是来买桂花的,忙放下手中的篮子,搬来梯子:"买什么!想折哪枝折哪枝吧。"然后,忙里忙外,沏出一杯杯酽酽的桂花香茶,让折花的人喝得满嘴生津。

折花的人一天比一天多起来。桂花看着人们折走一搂一搂的桂花,心底也就萌生了许多快乐的感觉。她陡然间觉得自己年轻了许多。她专门跑到后梁上,采摘了野皂荚,将头发洗得又黑又亮,再在鬓角上抹了小灰,用丝线绞掉了绒毛。当她穿上压在箱底多年的还是新婚宴尔时穿过的衣服时,仿佛山里的太阳亮了许多。桂花干完了地里的活,不再抱着那只老猫坐在桂花树下了。等树上桂花全都凋谢之后,她在树下挖了很大一个坑,拼力挑了几担粪,倒在树根上。她要让明年的桂花开得更密更香,要让更多的人来分享桂花的馨香。

果然,第二年桂花开得比任何一年都多,密密层层叠满一树。采花的人更是蜂拥而至。他们本是冲满树桂花而来的,及至他们匆匆赶到树下,打算采摘花枝时,目光却不由自主都黏在了女主人身上。他们万万没想到,这女人竟是这样的漂亮。真是深山藏娇啊!那楚楚动人的身腰,那迷人招魂的神韵,简直令他们神魂颠倒。一时间,有关桂花的种种传闻,纷纷在山外的小镇上传开。一些本不采桂花的后生们,也按捺不住了,拾掇得利利索索,争先来到桂花树下,以各种方式取悦桂花。若讨得了桂花的一笑,便喝晕了酒般地乐。临走时,手上并没有采什么桂花,只是心里采着了女主人桂花那最最迷人的神韵。桂花呢,也很快明白了这一切,心底埋藏多年的一种欲望就在萌动。桂花知道,她的桂花被人采走了,她的神韵被人采走了,她的心也被人采走了。

这一年秋后,村里人忽然发现桂花失踪了。

有人就猜测,桂花是不会离开这里的。因为她男人死了这么多年,桂花从未动过什么念头;也有的说,桂花是离开了这里。因为人们似乎记得,某个云雾缭绕的早晨,桂花臂弯里挎着一个包袱,手里端一棵桂花树苗,顺公路出山走了的……但无论村里人做出怎样的猜想，事实却是：桂花不见了。

桂花不见了。高高的山梁上从此只留下了一棵树，还有那树后矮塌塌的石板房。

儿子的求助电话

老鱼租住的房子在后村。

在后村租房住的,几乎全都是江浙一带来这儿做生意的,那些人说起话来,软声细雨的,舌条就像那春风里舞动的柳枝,在嘴里绕来绕去的,总给人一种纠缠不清的感觉。

后村那窄窄街道上开的小饭馆,就有所不同了,川菜、湘菜、粤菜一应俱全,一家挨着一家。

老鱼吃饭时,总爱去那个重庆老大妈餐馆,一个原因是,那家餐馆的那台电视里总喜欢播放武打片,大老远的,就能听见电视里传来刀枪棍棒的声音,吼吼叫叫的,很热闹。这很对老鱼的胃口。另一个原因是,去那家饭馆吃饭的人并不是很多,显得清静些。老鱼去了,在靠近门口的那张桌子上一坐,不用费口舌,说一句,老样子,老板就心领神会。

等饭的当口，老鱼点一支烟，便伸长了脖子，看那些打打杀杀的片子。

这个时候，老板的儿子正好放学，那孩子生得细小细小的。一回来，就摊开书包，将里面的作业本拿出来，在门口的边上摆一只方凳写作业。

老鱼跟这孩子已经很熟了，知道他叫小伍，十一岁，正在上小学五年级。这孩子的学习很好，几乎每次考试，都能拿回一张奖状回来。别人家饭馆的墙上要么贴的是酒广告，要么贴的是饮料的广告，可这家饭馆的墙上贴的全是儿子小伍从学校拿回来的奖状。每次看着墙上的奖状，总会让老鱼的心一揪，不由得想起正在老家读书的儿子来。

老鱼的儿子十二岁了，也是在读小学五年级。老鱼是在儿子刚上小学一年级时出来打工的，一转眼的工夫，儿子就上五年级了。老鱼儿子的学习成绩在小学三年级以前，一直很好，也让老鱼很是得意了一阵子。可是后来，也许是老鱼不在儿子跟前，没有约束、没人督促的缘故，到了四年级，儿子的学习成绩就开始开倒车了，平时的功课总是有很多不会做。这让老鱼的心里有些着急。

着急归着急，他有心去督促儿子，可身处两地，相隔千里，却是鞭长莫及。

后来的一天，老鱼到饭馆吃饭时，看见小伍趴在凳子上做作业，老鱼看着看着，突然就冒出了个想法，他要和儿子同时学习。

有了这个想法，老鱼就到书店里照着儿子的课本和课外作业，一样买了一套。每天来饭馆吃饭时，他就把小伍老师给他布置的作业问个清清楚楚，小伍的课程进度竟然和儿子差不多，老鱼问清了作业，吃完饭了，就赶紧回到他租住的房子里关起门来做作业。

老鱼是高中毕业，刚开始，他是信心十足的，他以为小学五年级的作业对于他来说是很简单的。没想到，等他拿起题开始做的时候，才发现，问题要比想象的复杂得多。有好多题把他想得满头大汗，也做不下来。好在小饭馆离得很近，他就将题拿过去问小伍。小伍这孩子真是很聪明，虽然他满脸的疑惑，但他三下两下地就把题给做出来了。

题做好了，老鱼就拿着练习本到附近的话吧给儿子打电话，话吧的话费很便宜，老鱼就是把儿子不会的题反复讲上几遍，也花不了多少钱。

这效果还真不错，没用多长时间，儿子的学习竟然赶上去了。

毕竟还是有些心痛话费，儿子的学习赶上去了，不会做的题就慢慢地少了，老鱼就和儿子约定，他不再每天给儿子打电话讲题了，他让儿子遇到不会做的题了再拨他的电话。当然，电话是不用接的，只是传递一个求助信号，老鱼接到信号，再去话吧打电话。

老鱼对儿子说："儿子，记住，求助电话越少，说明你学习进步得越快。"

老鱼每天在小饭馆吃完饭,依旧回到他租的房子里做作业。可是儿子的求助电话真的是越来越少了。很显然,儿子是在用这种方式证明,他正在进步。

电话少了,老鱼的心里是又高兴又失落。坐在小饭馆吃饭时,他再没心思看那些打得热热闹闹的武打片了。看着小伍在那儿认真做着作业,他的心里不知怎的,就开始盼望儿子的作业出错,盼望儿子有更多的不会做的作业。那样,他就又能接到儿子的求助电话了。

他想听儿子那还有些稚嫩的声音说:"爸爸,这道题应该用哪个公式去解呀?"

熟　悉

"我去买个西瓜。"

赵末说。

然后,他就走出了门。瘦瘦的身子晃进了长长的巷子。巷子的那头,是一条大街,很宽。

这个中午,赵末就这样走进了那条巷子。他一直往巷子里走着。就在走到巷子中间的某个地方时,赵末看见了一个很窈窕的身影在他前面不远的地方走着。赵末觉得那个身影很熟悉,仿佛以前在哪儿见到过似的。他甚至想那身影似乎就是他生活中的某个熟人。赵末便想赶上去。但刚走出几步,那身影便在眼前拐了个弯走掉了。

赵末加快了脚步,他几乎是小跑了起来。在他气喘吁吁地跑到那个身影拐弯的地方时,他愣住了——那个地方是一道高高的院墙。赵末想，那身影是从哪儿拐走的呢？

这时，赵末已完全忘记了买西瓜的事。他满脑子里都是刚才那个身影。

是谁呢？

赵末这样想着时，他已走出了巷子，走上了街道。

之后，就在他带几分失望，想放弃这种毫无结果的猜想时，突然之间，好像是断了的电视电线接通了似的，一个叫达梅的女孩那熟悉的身影，一个猛子扎进了他的脑海。

但是，赵末除了记得达梅的身影和她那排洁白的牙齿之外，却怎么也想不起达梅脸上的模样了。他觉得非常怪：我怎么想不起她的模样，却记得她的牙齿呢？

赵末为了证实自己的猜测是否正确，他跑到公用电话亭给达梅家打了个电话。

"喂，达梅吗？"

赵末在电话接通时，还在拼命地从记忆里搜索达梅的模样。

"对不起，你打错了！"未等赵末反应过来，对方已挂断了电话。

错了？怎么会错呢！电话号码是达梅亲手写在他随身携带的袖珍电话号码簿上的呀。

赵末又仔细按电话号码拨了一次。

这一次，对方似乎显得有些不耐烦，他的话尚未问完，对方便把电话挂断了。

"嘿!"赵末觉得今天邪了。达梅的这个电话不知打过多少次了,怎么会错呢?

也就在这时,赵末突然发现了不远处的街道那边围着一圈人。仿佛人体内的某根血管"血栓"了似的,交通已被阻塞了。赵末便好奇地走过去。他也想去看一看发生了什么事,却怎么也挤不进去。他正准备问身边的一位女士时,一抬头看见了身边的那棵梧桐树上溅着一摊鲜红的血。那摊血的中间正有一节惨白的手指,仿佛要从树里抠出什么东西似的。

这时,巡警来了。赵末像一张膏药似的,贴着巡警的屁股挤进去时,就看见一辆摩托下面,躺着一个熟悉的身影。

是达梅!赵末的脑海里立即跳出了这个想法。可等他看见那张脸时,他忽然拿不定主意了。达梅是有一排洁白牙齿的,可眼前这个已经死了的女孩,那微张着的嘴里的门牙却豁了一只,犹如一道高墙上开出了一个洞。

这便不像了。

于是,这只豁牙,便深深嵌在了赵末的脑海里,仿佛一根铁钉钉进了水泥墙上。直到他回到家里,依然非常清晰。

吃西瓜时,赵末的妻子很兴奋。她说,今年的西瓜真甜。但赵末还没从那只豁牙中回过神来。

后来,妻子突然张开嘴对赵末说:"赵末,我的牙是不是被西瓜硌掉了一颗?"

赵末抬眼看着妻子那沾满血一样红艳艳的瓜汁的嘴，一排牙完整无缺，像小学生排队一样站在那里。

赵末说："你是不是说笑话，吃西瓜硌掉牙，我还从未听说过！"

妻子说："怎么西瓜就不能硌掉牙？"

赵末说："西瓜是软东西，你听说过一团棉花把人打死的事吗？"

妻子说："听是没听说过，不过，你将手伸给我。"

赵末便疑惑地将手伸了过去，妻子一张嘴便将一颗牙吐在了他的手上。

赵末看见那颗牙很白，很白。

最后一课

　　党老师长着一脸茂密而又漂亮的胡子，这让我们很是羡慕。我们在私下的时候，就偷偷地用墨汁照着他的样子给自己的脸上也描上胡子，学他上课时的样子。这样的结果可想而知，好多天过去，我们的脖子上都残存着没能清洗掉的墨迹。

　　上课的时候，他将一盒五颜六色的粉笔摆在讲桌上，就开始在黑板上给我们画画，他在黑板上画了一只我们吃饭的老碗，然后用一种期待的眼神看着我们说："同学们，你们看我画的是什么？"

　　我们齐声说："帽子。"

　　党老师的脸上就露出一副意外却又无可奈何的表情，他将那既像老碗又像帽子的画擦了去，又在上面画了一根黄瓜，这一次，同学们却异口同声地说他画的是一只洗衣服用的棒槌。

党老师非常失望，那长满胡子的脸上立时就有汗珠流了下来。

党老师的画的确画得不怎么样，但这对他的威信并没有什么影响，我们依然是那样喜欢上他的课，因为他的语文和数学课上得是那么的好。

党老师上数学课画圆时，从来不用圆规，他甚至是背对着黑板，伸手那么一划拉，一个圆就出现在黑板上了，和圆规画出来的几乎没什么两样。还有一点更是让我们惊奇，语文课上，凡是我们不会写的字，只要问他，他几乎连想都不想就说："打开《新华字典》第269页。"我们将字典翻到那页，那个字果然就在那里。

新学期开学不久，有一次，党老师正在上课时，突然就晕倒在讲台上了，这让我们很害怕，等把他送到医院时，他已是昏迷不醒了。老师们说，党老师得了绝症，他就这样躺在了医院里。

新给我们派来的老师姓马，这是个很令人讨厌的家伙。他把他的头发从头顶分开，一半梳向左边，一半梳向右边，远远看去，就像是一本摊在头顶上打开了的书。

这让我们一见到他，就对书本产生了一种莫名其妙的厌恶和恐惧。

他真是一个自傲且性情粗暴的老师，我们和他之间好像隔着一层玻璃，彼此看得见，却永远也无法走近。他除了上课，几乎把所有的精力都放在了怎样对付我们上面。他总想在我们最混乱的时候出其不意地跑进教室里来，拿住我们的一些把柄。我们知道，他常常趴在教室的后门偷听教室里的动静。有一天，一个同学装作要出去的样子，从里面猛地将门拉开，马老师就像一头牛一样，"轰"的一声滚进了教室，我们故意装出一副吃惊和害怕的样子，才将他从地上扶起来。

我们越来越想念党老师。我盼望着党老师的病能快快好起来，这样他就能回来给我们上课了。我们就可以摆脱那个令人讨厌的马老师了。

可党老师的病却像我们的思念一样，一天天加重。学校里已开始传言，说党师母已在家里为党老师准备后事了。

这天中午，我们正在上自习，有同学叫了一声，说党老师回来了，我们抬起头，果然就看到了盼望已久的党老师，他抱着课本走进了我们的教室。他脸上的胡子依旧是那样的漂亮。

像往常一样，他开始给我们上课，他好像从来就没有病过一样，精神是那样的好。当有同学在上课时开了小差时，他还是像过去那样，走过来，摸摸那个同学的头，或是拍拍肩，说一句："下次可不能再这样了！"

下课的铃声响了，党老师也讲完了他的课，他在我们敬仰的目光中走出了教室。

可是，当我们第二天一早兴奋地到校时，发现学校的气氛有些异样，我们看见党老师的门上摆了许多的花圈。学校的老师都在那里忙进忙出。我们不明白发生了什么事，当我们走近时，才发现那些花圈都是送给常老师的。

党老师死了。

我们说什么也不相信党老师会死。我们说:"就在昨天下午，党老师还给我们上了课的，党老师怎么能死呢？"

老师们听了这话，都显出很吃惊的样子来，他们说："怎么可能呢？那个时候，党老师正是生命垂危之时，他怎能回到学校给你们上课？"

虽然许多人都不相信，但我们可以肯定地说，那一天下午，党老师是给我们讲了一课的。

一束鲜花

又是一天过去了,男孩还是没有找到工作。男孩有点气馁了。要是再找不到合适的工作的话,吃饭都是个问题了。想到吃饭,男孩还真是有点饿了,今天一天,他就像是跑场子似的,赶了几个招聘的地方,有两处,他几乎连挤都没有挤进去。这城市里的工作,就是一块肉,现在真是狼多肉少呀。

男孩在一个烤肉摊前坐了下来,不管怎样,得先把肚子填饱。

男孩把身上的钱都掏出来数了数,总共只有五十多元钱了。他想了想,还是要了十元钱的烤肉。

男孩一边吃着烤肉,一边在作明天的打算:不管怎样,明天先找件事干着,哪怕是干苦力都行。

这时,男孩突然听见一个很好听的声音叫道:"叔叔,买束花吧!"男孩抬起头,见一个很漂亮的小姑娘站在他的面前,手捧一束鲜艳的玫瑰花，那花显然是刚从枝上剪下来的，上面还挂着几滴晶莹的露珠。

"叔叔，买一束吧，你看姐姐长得多漂亮！"

男孩抬起头时，才发现他的旁边坐着一位漂亮的姑娘，正在津津有味地吃着烤肉串呢。

小女孩显然是搞错了，把这个他并不认识的姑娘当成他的女友了。

"姐姐真的好漂亮呢！鲜花配美女，多好！"小女孩见他有些犹豫，又补充了一句。

这小女孩真会说话！

男孩看着面前这个手捧鲜花的小女孩笑了笑，心想，我现在连工作都没找到，自个儿吃饭都是问题，哪有钱买花呢。但当他的眼睛落在身边坐着的那个姑娘的脸上时，不知怎的，那拒绝的话刚到嘴边，又被他咽了回去。他对小女孩说道："小妹妹，你问问姐姐喜欢这花吗？"

男孩想，这么漂亮的姑娘，怎么会接受一个陌生男子的鲜花呢？这样既委婉地拒绝那个小女孩，又不会在这么漂亮的姑娘面前丢面子的。

"姐姐一定喜欢的，是吗？"小女孩显然认定了那姑娘就是他的女友了，她走到那姑娘的面前，讨好地说道。

男孩的心提到了嗓子眼上。他现在开始有些后悔，不该开这种玩笑。这事弄不好惹恼了那女孩，多没意思。

那女孩听了小女孩的话后,呆愣了片刻,但她很快地就明白了是怎么回事,她抬起长长的睫毛,看了男孩一眼,脸唰地红了。糟了。男孩想,如果那女孩发起脾气来,可如何收场?

"姐姐,那就让叔叔买一枝送你吧。"小女孩说,"我爹死了,我妈去年被车轧断了一条腿,没办法,她就在屋里种花,她让我将花卖了,好交欠学校的学费,我还要用这钱给妈妈看病呢……"

听了小女孩的话,男孩突然心里一动,这小女孩小小年纪,要自己挣学费,还想着给妈妈治病,真的不容易呀。男孩掏出十元钱来买下了那束鲜花,并让小孩将那束鲜花送给了那位女孩。

小女孩将花送给了那位女孩,接过钱,说了声"谢谢",就走了。

男孩回过头时,才发现身旁的那姑娘,眼里竟然噙满了泪花。

男孩见女孩哭了,吓了一跳,不知所措地搓着双手,像个做错了事的孩子低下头,说:"对不起,我只是想帮帮那个小女孩,买走她十元钱的困难,这花因为我拿着也没什么用,才……才送给你的。"

"谢谢,我会好好珍惜这束花的。"

女孩说完这话,也起身走了。

半年后的一天,男孩突然在报上看到这样一篇文章:一身患绝症的女孩准备轻生时，在一个烤肉摊前，无意中，一个陌生的男孩送给她一束鲜花。正是那束鲜花，让女孩重新燃起了对生命的渴望，之后，女孩积极地配合医生进行治疗，没想到，她的病竟然奇迹般地好了。

那女孩在接受记者采访时这样说道："鲜花是男孩花十元钱买的，我之所以接受那束鲜花，是因为那男孩当时只是想帮帮那个困难的小女孩，男孩用十元钱买走了小女孩的十元钱困境，却用十元钱送给了我一片阳光。"

回　家

　　民国十八年秋天，奶奶和爷爷去城里买了很多布，红的、绿的、蓝的……各式各样的布匹堆了一床。奶奶每天很早就起了床。奶奶起床不惊动任何人，悄悄梳了头发洗了脸就搬一只凳子坐在门口给爷爷和我爸爸以及叔叔做衣服。

　　爸爸和叔叔是双胞胎，刚刚五个月。

　　奶奶的房屋临着小镇的街道。奶奶做一阵衣服，便神情忧郁地将目光移开去，静静地瞅一会儿街道。黎明的街道很冷清，极少有早起的人在街道上走动。一只两只的狗摇头晃脑大腹便便地从街道上穿行而过，样子极为从容。偶尔吠一两声，清冷冷地响亮，越发显出小镇的空寂。

　　奶奶的心那时已和这清晨的街道一样空寂。

　　就在这之前的两个多月，奶奶突然感觉身体不适，爷爷就让奶奶到城里的药铺去看看。一位满头银发，戴一副石头镜的老中医给奶奶号完脉，虽然没有说什么，但奶奶已从老中医的脸上以及爷爷那惊慌失措的表情里读懂了病情的严重。

奶奶的心便揪得慌。等老中医将爷爷叫至药铺里关门说话时，奶奶踮着一双小脚，也悄悄地跟了过去，隔着一扇门，老中医和爷爷说话的声音虽然听不甚清，但她还是逮住了一句话："……这病，还是尽早为她备棺木吧。"奶奶怀疑自己耳朵出了问题把话听错了。回家后，奶奶就问爷爷她得了啥病。爷爷欲盖弥彰，奶奶不得不相信她的耳朵没有出现问题——她得了不治之症，将不久于人世了。

爷爷待奶奶很好。虽然家里穷，他还是清理了家底，又东借西凑弄来了钱，劝奶奶去城里治病。奶奶知道自己家里锅大碗小，她更明白这病去看也是把钱向水里扔。况且，怀里尚有两个不足半岁的孩子，任爷爷好说歹说，她就是不去。奶奶说，她并不怕死，一个人来这个世上迟早要走这条道的。她只是担心，两个儿子尚小，她死了没人照管。她就是担心她死了爷爷白天没人做饭，夜里无人暖脚，衣服破了无人缝补，有个三病两痛的无人服侍。

奶奶这话说得爷爷泪珠儿哗哗地往下流，流得一塌糊涂。

奶奶不去城里看病，爷爷就去城里买药。他无论如何要尽到自己的责任。

药吃过一包又一包，爷爷兜里的钱几乎全都扔到奶奶的药罐罐里去了，可奶奶的病却一日重似一日。奶奶心里明白，她无论如何是熬不过民国十八年秋天了，便让爷爷买了布，她要在有生之日，给爷爷以及不足半岁的两个孩子缝制出足以穿三年的衣服。奶奶每天清早就这样拖着虚弱的身体，一边缝着衣服，一边望着爷爷很早地下地去干活，或走上去城里的小道为她抓药。那年头，兵荒马乱的，奶奶就这样一天天地守望着爷爷从地里或从城里回来。爷爷回来了，奶奶悬着的一颗心才算放下。她的病也突然能轻松许多。她知道这两个不足一岁的孩子今后的日子全指靠爷爷的。

后来的一天，爷爷去城里给奶奶抓药，就没有回来。小镇人说，在小镇上城里的山道上，两支队伍接上了火，死了好多人。奶奶听了这话，心里好痛好痛。她淌着泪去那里找爷爷。她可以没有男人，但两个孩子是不能没有父亲的。

奶奶在横七竖八的尸体中找了一天，活没见爷爷的人，死没见爷爷的尸。

夜里回到家，奶奶望着空荡荡的房屋，再望着那两个甜睡的孩子，突然醒悟了过来；爷爷是将这个担子交给她了。

奶奶再也顾不得坐在门口缝衣服了。两个孩子两张嘴要吃，她得去地里干活；孩子病了要治，她得去为孩子弄抓药的钱。奶奶一日一日地巴望着孩子长大。

两个孩子——我的爸爸和叔叔果然长大了。他们已穿完奶奶提前为他们赶做的三年的衣服。但奶奶却并没有死去。更为奇怪的是，奶奶的病也似乎从体内消失了。

三年后的一个晚上，奶奶哄睡了两个孩子，正待上床睡觉，有人敲门。奶奶打开门，不由得吃了一惊。

门外站着的是爷爷。

奶奶用手揉了揉眼睛再仔细一看，确实是爷爷。

爷爷也吃了一惊。

最终还是奶奶颤着声音问了一句："你究竟是人还是鬼？"

爷爷说："我怎的是鬼？那一日我被抓了壮丁。"

奶奶就哭了，奶奶就病了。

三个月后奶奶死了。

奶奶死了，爷爷哭干了泪。以后的岁月里爷爷总是不停地叹息。他说那时他真不该回家。

真 爱

  十八岁的时候,他曾与一个叫倩的女孩死去活来地相爱过。
  每次倩约了他去她家玩,倩的父母总是很热情地待他,她母亲会做他们家不常吃的饭。他在这种往来中,便隐隐地尝到了一种做人之婿的荣耀与得宠。但有时,他们也有严肃的一面。比如,若是某天夜里他在他们家留宿,只要听到他睡的床有了哪怕是一丝不安分的响动,立时就用吊高了的嗓门大声咳嗽,向他发出警告。
  他和倩就这样爱了三年。倩在他的眼里,总像是一块烧得将熟而未熟的红苕,欲吃不能,不吃却猴急。
  每次,当他俩单独相处时,他们总有说不尽的新鲜话题。那时,他们已对未来作了许多设想。他们盘算着,结婚后先不要孩子,先要攒足够的钱旅游很多的地方。他们俩一起去撒哈拉大沙漠捧一捧沙子；去内蒙古大草原，俩人抱在一起打滚儿；让她拥着他的腰合骑一匹枣红马在草原上奔驰；要去大海泡它个淋漓尽致……他们要玩掉自己身上的小孩子味儿，再正式操作，生孩子。

又一年，他终于实现了梦寐以求的愿望——考上了大学。他和她要分开了，一切美好的设想暂时都得搁置起来。那段时间，他们彼此都有了很多体会。如有人说的把损失弥补回来。但事实上，有些损失是可以弥补的，而有些损失却永远无法弥补。他们在月亮底下树林后的那种啃，一生都无法补够。相互想念的日子，他总是像拉一根皮筋一般，极力将它拉得漫长，然后把那些美好的已变成回忆的日子捡起来，独自像推石磨一样细细地一遍一遍地去碾磨。

然而，就在那年冬天的某个黄昏，当他从学校放假回来，心里揣着一只扑腾着的小兔，再去倩家时，却意外遇到了她父母毫不容情的拒绝。他们说："你们小孩儿本就是一块玩玩的事，不要太当正经，以后就别再来缠她了。"

当时，他从门外望去，他们家里很空乱，像是要搬迁的样子。这他是知道的，倩的父母原本就是大树林里的鸟儿，那时那里的猎人太多，把他们追杀得猴急了才跑到这片小树林里栖息下来，求得了暂时的安宁。想必现在那大树林里的猎人走了，他们是要回到那片大树林去重新筑巢。

他再三乞求他们，他说他只是想见见倩，和她说一句话。

可这一切请求犹如对牛弹琴。他们脸上的血越来越冷，说出来的话像掷过来的冰块："倩不在，别再纠缠她了！"

那个黄昏，是个多么晴朗的天，可他的心灰暗得如同云遮雾罩的阴天。就在他正欲离开时，忽然发现了房檐下那只木格窗。那窗上糊的白纸分明被人用指头捅破了。一双滚珠般转动的眼睛就在那破了的窗纸后面水汪汪地滚动。

那是倩了。一定是倩了！

倘若他当时没有发现窗后那双眼也就罢了。可单单他却发现了它。发现了它，他就有了种受骗的感觉。他走过窗口的那会儿，故意大声唱了一句歌，是以前关于男女方面的山歌。

过了三四天之后，倩那比她仅小一岁的妹妹递话给他，说她姐姐约他晚上到河边老磨坊背后去，有话对他讲。

他当下有了一种久关牢笼里的囚犯将被释放前的那种感觉。那天下午，时间是一秒一秒从他心里推过去的。

天刚黑，他就走近了那个地方。

一丛树叶凋零却又落满了雪的秃树，一座灰蒙蒙矮塌塌的石板房，一个孤零零斜倚在门上的女子，出现在了他的眼前。

可是，那斜倚在门上的女子，并不是倩，而是她的妹妹。

他不知道倩为何不来见他。是摆脱不了她的父母，或是她自知浪费了他三年多的感情而现在理亏不敢来见他？

那时，他终究没有走近倩的妹妹。他和倩既然成不了夫妻，没有必要去听她苦思觅想找出的种种借口，然后让他把那些情感带到他以后的生活中去回味、去承担。失恋就是这么回事，好比喝一杯甜甜的糖水，要喝就把它喝完，喝不完时，你就应毫不吝惜地把它倒掉。千万别认为它是一杯甜透心的糖水而舍不得。因为下一杯不一定是糖水。

理是这个理，但人的情感是不受理性约束的。第二天一早，他就忍不住要见倩的愿望，他要知道她会对他说些什么。然而，当他走近她家时，门已上锁，院里亦没有一个人了。

倩从此在那个地方消失了。而他心里的倩却是越发清晰地出现。

他心里一遍遍猜想着她要说给他的话。

世界其实是很小的。有时候，有好多过去的忘记了或记着的事或人，又会冷不丁撞上了你。

去年夏天，他去某市参加一个笔会，突然就碰上了倩的妹妹。

她已是一个亭亭玉立的少妇了。

闲谈中，她忽然问起他几年前的那个黄昏，为何不去磨坊背后约会的事。

他能说什么呢？他只能说，如果一个人的房屋被人一把火烧掉，即使再穷，当他要搬进新房时，能将原先那烧得面目全非的家具再搬进去吗？"况且，那天磨坊前站的是你而不是你姐姐呢。"

"你知道，姐姐那天晚上为什么不去见你吗？她在你回来的前几个月被人奸污了。她没有勇气站在你的面前。爹妈也知道你们爱得很深，他们宁愿让姐姐做出负心于你的假象，也不愿把你推进那种使人左右为难的旋涡中去，让你痛苦地去爱姐姐……"

　　生活有时太残酷了。他不知道，倘若那时他知道了事实，他会不会像以前一样偷偷地跑到月亮底下的树背后去啃西瓜似的啃她？但他相信，爱她是真！

水水之死

那时候，不知因了什么，水水的魂被良良收了去。水水是村里最漂亮的姑娘，远远近近的后生都暗暗地喜欢上了水水，个个摩拳擦掌，请人搭线想讨水水做老婆，可水水的魂单单就被良良收了去。

良良的父母走得早，家里很穷，穷得光腿杆儿打凉席。水水的父亲虽然死活不同意这门婚事，可水水吃了秤砣铁了心，最终，水水还是嫁给了良良。

水水自小也是过苦日子长大的。她知道良良家里穷，穷日子自然有穷日子的过法。她只希望自己和良良能平平安安白头到老就行了。

可良良毕竟是男人。水水拼死跟了自己，自己绝不能让水水受委屈。

于是，新婚不久，良良就只身出了门，他诅咒发誓，一定要挣好多钱回来，让水水过上好日子。

然而，水水做梦也没想到，良良这一走就从此无音无信、无影无踪了。她急得哭过一场又一场，又是烧香又是拜佛，又是托人四处打听。可整整三年过去了，仍旧没有良良的任何消息。

水水一夜一夜地哭泣。她悔不该当初同意了良良出门去挣钱。她想，良良一定是一个人在外出了意外。她甚至想良良有可能已不在这个世上了。就在她开始对良良感到绝望时，有一天，她忽然收到一封信，是良良寄来的信。水水好高兴，她的良良还活着！这天夜里，水水一夜没合眼。第二天，她去了小镇一趟，直到天黑，她才做贼似的慌慌乱乱摸回家。

水水一回到家里，心里就更加慌乱。她闭了窗，又用木杠死死地顶了门，然后才颤着手从怀里掏出那摞钱来——这是良良寄回来的，足足有五千元。水水望着眼前这一大堆钱，突然一下子慌得六神无主了。她一遍遍摸着这些钱，思来想去，不知道怎样放才好。她翻箱倒柜，屋里旮旮旯旯瞅个遍，也没能找出个安全可靠的地方。良良在信里一再叮嘱，钱不能放在银行里，取回来一定要保管好。这是他这三年多来挣的血汗钱哪！这一夜，水水整整折腾了一宿，直到天亮，她无可奈何时，才草草地找个地方把钱藏了起来。

自从有了这五千元钱，水水的日子一下全乱了方寸。村里人已知道良良不仅活着，而且还在外面挣了好多钱。而水水呢，心里越发不踏实。她吃饭操心着那钱，上厕所也操心着那钱。夜里睡觉噩梦一个接着一个做，有时出门办事，虚怯得更是提心吊胆。

良良又来信了。村里人知道良良寄了信回来，心里羡慕得要死。可水水看了信，心里却着了火般，七上八下的。夜里睡觉，稍有风吹草动，她便会一下子从睡梦中惊醒。如此这般，水水一夜一夜睡不踏实。一个多月过去，水水完全换了个样。人一天天消瘦，精神也开始一天天恍惚。

之后，良良又来过几封信。良良每来一封信，水水便消瘦一圈，人也青天白日见了鬼一般失了魂、丢了魄。

水水病了。水水病了，心更操心那钱——那是良良三年的血汗钱呀！

良良的信一封封来，水水的病就一日日加重。水水躺在床上，脑子里一会儿出现的是那五千元钱被老鼠咬了，一会儿出现的是房子起了火，烧了那笔钱，一会儿又是看见一帮人操刀弄棍来抢钱……

终于有一天，村里人忽然发现好多天没见水水了。他们来到水水门前时，发现水水的门是从里面死死顶着的。他们先是感到事情有些蹊跷，后来便意识到事情有些严重，就撞开了水水的门。

水水躺在床上，双眼睁得大大的。可水水却死了。

村里人好生奇怪。

安葬水水时，良良没有回来。

半年后，村里出外挣钱的人回来说，他在一座大城市里看见一个人，怀里搂着一个漂亮的小姐，坐在两头平的车里从街上过去。他说那人很像良良。

欢迎光临

他们见面一直固定在一个地方。那个地方有一个明显的标志：对面的三楼上挂着一个醒目的条幅，上面写着：

欢迎光临。

那是他们第一次约会时，他在这儿等她，她在电话里问他，那地方有什么标志，他就说，对面的三楼上有一个写着欢迎光临的条幅，很醒目的。

于是，他们把每次见面的地点就固定在了这里。

有一次，她问他："对面楼上那条幅过一阵就换一次新的，怎么连做什么生意都没写？"

他笑着说："我们一起上去看看不就知道了。"

她说："才不呢，连干什么都不清楚，上去干吗！"

这一次，他们又在欢迎光临的条幅下见面了。

他问她:"我们今天去哪里?"

他心里很想她回答:去你家吧。

他一个人在这个城市,一个人的家随时都欢迎她的光临。

可她希望他们能去一个没有熟人的地方,挽着他的胳膊散步,她喜欢坐在郊外的草坪上,把头枕在他宽大的胸膛里一边晒秋天的太阳,一边让他将随手采来的野花插到她的头上。

女孩子都这样,总喜欢那种虚幻得没头没脑的浪漫。

这个城市有几百路公交车,任何一辆公交车都可以将他们带到一个陌生的地方。陌生的地方总是能给人带来新鲜的感觉。

于是,他和她就随便上了一辆公交车,然后又换了一趟开往郊外的公交车。

他和她交往很长时间了。在这期间,他们一起去了很多地方,但就是一次也没去过他的家。

说实话,有时候,他真的需要她的一个拥抱,当然,如果可以的话,他更想亲一亲她那好看的唇。爱情这玩意儿,就像糖和水的关系,光吃糖,太腻;如果只喝水,又太淡。只有把糖溶入水,才甜。他多想她像糖一样溶入他这杯水里呀!

他曾给她一次次地暗示过,但不知为什么,她总是找各种理由把话题岔开。

其实,他的家很好。虽然是一个人住,但他把家收拾得很整洁、很温馨。他知道她是一个喜欢浪漫的女孩,他就把他家的客厅改装成了一个小酒吧。他收藏了她喜欢喝的各种红酒,他随时等待着她的大驾光临。

这一天，他们又相约在"欢迎光临"那儿见面。

以往，都是她到了时，看见他伸长脖子在那里等她的。可这一次，她在那儿等了好长时间，却还没见他的踪影。她给他打电话，电话响了，却一直没人接听。

她一遍一遍地打，到后来，他的电话却关机再也打不通了。

她有些着急了。着急他会不会出什么意外。或者他突然变了心，有意要躲着她。

她决定去找他时，才突然想起来，她根本就不知道他的家在这个城市的什么地方，甚至，她连他住在这个城市的东西南北都不知道。

一片茫然中，她想起他曾一次次地邀请她去他的家。但不知为什么她一次次地拒绝。她原以为她有他的电话就可以牢牢地把他攥在手心里的，可现在他的电话却打不通了。

第二天，她在他的朋友的帮助下，终于找到了他的家。

在他的家里，她见到了他。

他静静地躺在那里，像是在秋日温暖的阳光下睡着了一样。

就在昨天，她给他打电话时，正在家里洗澡的他发现他煤气中毒了。他听着电话铃声，却怎么也动不了，直到后来，电话铃声渐渐在他耳边消失了。

现在，她知道他真的离开她了。她好后悔当初为什么要一次次地拒绝他的邀请。她站在他的窗前，当她的目光向窗外望去时，她一下子惊在了那里。对面楼下的那几棵树，还有那公交站牌，怎么那样的熟悉？她疯了一样地跑下楼去，当她站在她和他一直会面的地方，回过头看见那"欢迎光临"几个字时，她的泪一下子涌了出来。

故 事

　　那个故事，是男孩在一次和朋友聚会时，听别人讲的。

　　那时候，男孩居住的这个城市正处在夏天，男孩的厂子停产放长假。每天里，男孩除了写点劳什子文章赚点稿费外，大部分时间都无所事事。男孩便骑着单车去郊游、去溜公园、去游泳，偶尔也和朋友们去茶社或酒吧小聚一次。

　　男孩就是在这时认识女孩的。

　　女孩很别致，无论是衣着外貌或是言谈举止都挺出众。男孩知道自己目下的处境，他明白和这样的女孩只能做朋友而不可能谈爱。但女孩似乎并不在乎男孩的地位和处境，她一任自己的情感暴风骤雨似的向男孩泼去。男孩就不由自主地失去了理智。

　　"和这样的女孩相爱，你不神魂颠倒才怪呢！"后来，男孩常常对朋友们这样说。

那段时间,男孩和女孩如同开足了马力的车似的,不消多长时间,彼此就将爱送上了巅峰。他们几乎像电影里的那些不食人间烟火的红男绿女,在公园的花丛间,在旷野的丛林里,甚至在沙滩上随便选个背人眼目的地方,都可以如胶似漆地爱得死去活来。

后来的一天,男孩和女孩在他的单身宿舍里正相拥长吻时,男孩子突然之间就想起了那个故事。想起了那个被他遗忘了好久的故事,男孩在那一刻不知怎的就产生了一种把这个故事讲给女孩听的欲望。

男孩就讲了。男孩说,从前,有一个女孩到了待嫁的年龄。村东有一青年,家有良田万顷,只是这青年长得又呆又傻。而村西有一青年,一表人才却家境贫寒。女孩同时喜欢上了两个人。一天女孩的母亲问女孩到底喜欢哪一家,女孩迷茫着双眼,却不知作何选择。女孩的母亲说:"你若是喜欢东头那家,就伸出右手,若是喜欢西头那家就伸出左手。"女孩想了想,却同时把左右手都伸了出来。

男孩讲完这个故事,以为女孩会好奇地问他后来的结果,没想到女孩却哭了。女孩像做错了什么事似的哭得很伤心。男孩就有点手足无措。他不知道自己因什么伤害了女孩。他伸出手想为女孩擦去脸上的泪水,却听见女孩突然说道:"原谅我吧,我不是有意要骗你。我是真的爱你。"

听了这话，男孩愣怔了一下，仅仅是愣怔了一下，紧接着就听到"砰"的一声响。等他回过神来时，女孩子已悄然离去了。他看的却是那扇刚刚在女孩的背后关闭的门。

邻 居

他和他是邻居。

他叫秦少天,开着一粮行。而他,人们都叫他小伍子,开的是一爿小小的豆腐作坊,每天起早贪黑的,也只能勉强维持生计。

秦少天的粮行是小镇里最大的,生意也就做得顺风顺水,一切都由管家和下人去打理。没事了,他就坐在阁楼上喝茶。高处不胜寒哪,他越来越觉得生活没意思。

从阁楼上看下去,就是小伍子的豆腐作坊:两间破草房,一盘大石磨,再有的就是两口大铁锅。

小伍子做豆腐的豆子,也是从秦少天的粮行里买来的。豆子买回来了,用水浸泡了,再用石磨磨了,他们连一头拉磨的驴都没有,小伍子腰里顶着一根杠子,就那么一圈一圈地将豆子磨成浆。

接下来，烧水，点浆，过浆，等到天明时，热腾腾的豆腐就出锅了。这时候，小伍子就将那还冒着热气的豆腐装进挑子里，忽忽悠悠地去沿街叫卖。小镇上的人都喜欢吃小伍子做的豆腐。

尽管如此，小伍子的日子却过得很快乐。秦少天坐在阁楼上，常常能听见从小伍子的破院子里飞出的笑声。那笑声好像是用蜜水浸泡过一样，是那样的甜美。特别是小伍子的媳妇，一笑起来就没完没了。他们的快乐是那样的简单，某一天多挣了几钱碎银子，小伍子折一朵野花插在了他媳妇的头上，都能让他们乐乎半天。

真是不可思议。秦少天觉得那笑声就是一把锥子，锥得他心痛。

有时候，小伍子也和他的媳妇闹点小矛盾，打打闹闹的。那只是平时笑声中的小插曲。小伍子很心疼他的媳妇，重活累活一点也不让她干。小伍子媳妇也总是闲不下来。小伍子磨完豆浆，刚一坐下，她就忙着去给他捶肩挠背。挠着挠着，就故意把手伸进了小伍子的腋窝，挠出一片笑声来。

有一次，下大雪。秦少天还看见小伍子在豆腐坊前的空地上，堆了一个大大的雪人。两个人孩子似的在那里追逐着。笑声都能震塌房子。

"他们怎么就那么快乐呢？"有一天，秦少天叫来管家，他问管家。

管家说:"穷开心呗。"

想想也是呀。秦少天想起自己还没发家之前,不也是这样吗?那时什么都没有,有的就是穷开心。可现在他什么都不缺时,却怎么也开心不起来。

秦少天觉得他都有半年没有笑过了。

有一天,小伍子来秦少天粮行买豆子。秦少天拿出了一块银锭交给了管家。他吩咐管家,悄悄地把这锭银子放进小伍子装豆子的口袋里。

管家说:"东家,这么大一锭银子,就是他小伍子磨豆腐,几年都挣不来的呢。"

秦少天一笑,说:"你明天早上随我去阁楼吧。到时你就明白我的意思了。"

第二天早上,管家随秦少天来到阁楼上,他们站在那里向小伍子豆腐作坊望去,那里却是一片漆黑。先前忙碌的景象没了,磨豆腐的石磨声没了,勺子和锅的碰撞声没了,更没了小两口的说笑声。

管家问秦少天:"东家,这是怎么回事?按说,他们无端地得了那么大的一锭银子,还不乐死呢。"

秦少天抿嘴一笑,什么也没说。

就是从那天起,小伍子和他媳妇的笑声,就像鸟一样,飞走了,再也没回来。

秦少天再坐在阁楼上,耳朵里是一片死寂。

又过了些日子,一个晚上,小伍子带着他的媳妇悄没声儿地离开了小镇。他们去了哪里,没人知道。

小伍子的那个豆腐作坊在后来的日子,就变成了一片废墟,寂静得要命。

汇　报

会议还没开始，腰上的 BP 机响了。

我只好走出会议室去打电话。

打传呼的是女友霞。她出差快一个月了，刚下火车，让我立马去车站接她。霞说："快来接我吧，想死你了！"

霞的话说得我当时心猿意马，晕晕乎乎的，我立马打的去了车站。

第二天上班，刚一进办公室，头儿就来喊我，让我汇报昨天的会议精神。这时，我才猛然想起开会的事。这几天会议很多，头儿忙不过来，便让我时不时地去代他参加那些重要而又没有多少实惠的会议。头儿说过，不管是啥会都要认真听不能马虎，回来要作详细的汇报，以便及时落实。

面对头儿，我当下就有点手足无措了。昨日的会没开始时，我就走人了，怎么汇报呀？但我想我是个聪明人，我得想办法把这事糊弄过去，否则，头儿一定不会轻饶我的。

于是，我一边抽烟喝茶拖延时间，一边回忆昨天开会前台上坐了哪些领导。同时，我按照以往会议的程序开始编造。

我说我是个挺聪明的人，一点也不夸张。只一会儿工夫，我就进入了角色。我仿佛真的参加了昨天的会议，尽管是信口开河，但也说得头头是道。我相信不知内里的人，是一点看不出其中有任何破绽的。

头儿听完了我的汇报，就笑了。

头儿说："你真行呀！我听说昨天开会时你根本就没有在会场，汇报得竟然这么井井有条的。"

听了头儿的话，我如同被当头浇一瓢冷水似的。不管怎样，这时我还得硬撑着。我说得这么有条不紊，像是没有参加会议吗？

我说："头儿，谁缺德在后面编排我，说我开会没在场？我不过是坐在偏僻的地方罢了。你想想，我是代你去开会呢，会场其他人都是单位的头儿，我算哪路神仙，能坐到显眼的地方去吗？头儿你不能偏听偏信，我说我参加了一定参加了，不信你可以去问问其他参加会议的人嘛！看看开会是不是这些内容。"

我说这话的意思是想激激头儿，以此来证明我确实参加了会议的，不想，这天头儿也不知是哪根神经出了毛病，竟真的较上了真儿。他看看我，皮笑肉不笑地说："我会去了解会议内容的。到时，可别怪我不客气了！"

这下，我真的有点慌神了。我仓皇逃出了头儿的办公室，我想我完了，只有等挨削的份儿了。

下午一上班，我浑身就开始冒虚汗。我知道头儿办事若真的和你较上了劲，任谁都不给面子的。我现在唯一能做的事，就是在头儿尚未发火之前，先要装出一副诚恳的样子，承认自己的错误。这样，也许能缓冲一下头儿的火气。

这样想时，头儿就来了。我连忙做出一副诚恳的样子和头儿打招呼。我说："头儿，我……"

谁知，我刚开口，头儿就很和气地拍拍我的肩膀，很不好意思地笑笑。头儿说："对不起，我这人耳朵软，差点冤枉你了！"

这下，该我吃惊了。我没有想到，我胡编乱造的瞎蒙，竟然瞎猫撞上了死老鼠。哈哈。这事，真有意思。

聊 天

现在的人，依赖性都是很强的，比如说手机和电脑。

走在大街上，许多人耳朵上都挂着耳机，过马路时，一双手都会不停歇地在手机上按着。干什么？聊天。别看他们现在正在北方的某个城市的马路牙子上，他们很有可能正在和南方某个城市某个并未谋过面的人聊得热火朝天呢。

没有什么奇怪的。

这样的聊天方式，只动手，不动口。虽然违背了"君子动口不动手"的原则，可也很有意思。一是保密性强，不像是用嘴聊天，叽里呱啦的，嗓门大一点的，说话内容满世界都能知道。第二个特点是，不用费表情。手机里各式各样的表情都有，喜怒哀乐的表情应有尽有，用手轻轻一点就发过去了，这样就避免了很多尴尬，就是你皮笑肉不笑，对方也是看不见的。

这是说出了门的事。要是在家里或是在单位里，就会用电脑。两个人平排坐着，一天也可不用嘴说一句话。嘴的功能只是接吻和吃饭了。

要说话怎么办？QQ 上说。比如说，到了中午饭点了，一个会在 QQ 上说：吃饭吧。两人心领神会，就一起走了，不知内情的人看起来他们竟然是那样的默契。

扯得远了。还是说说马群吧。

马群是个很活跃的人。在他们的 QQ 圈子里，他就像一条鲇鱼一样，总有办法把死水给搅活了。这得力于他的思想活跃，打字速度快。在 QQ 群里，不在乎你嘴皮子有多顺溜，功夫都在指尖上。

可现实生活中的马群却显得很木讷。朋友们在一起吃饭喝茶聊天，几乎听不到他的声音。朋友们有时就故意问他："马群呀，你怎么不发表意见呢？"马群急得一双手的手指乱动着，愣是从嘴里蹦不出一个字来。因此，三十多的人了还独着。

这事家里人急，朋友急，马群也急。一次次相亲都因为他不太爱说话而告吹。

马群的优势在网上，朋友们就让他在网上谈，果然就在网上谈成了一个。

那女孩是福建的。

两人在网上热热闹闹地谈了半年，很情投意合，就约定见面了。

等两人见了面，糟糕的事情又发生了。马群迷离着双眼看着坐在对面的女孩，心里欢喜得不得了，十个手指像弹钢琴一样在桌子上敲着，一肚子的话却是说不出来。两个人吃着饭就这样你看着我，我看着你，大眼瞪着小眼。马群也觉察到，这个在QQ上那样活泼可爱的女孩，竟然和他一样，也不太会说话。

马群真的很喜欢这个女孩，很想把他的意思表达出来，便掏出手机，打开了QQ。女孩会意地一笑，也拿出了手机，打开了QQ。就这样，两个人隔着饭桌用QQ聊了起来。

有意思的是，他们面对着面，连同笑都是发的QQ表情。

这顿平淡的晚餐因此一下子愉快了起来。有时候，他们聊着聊着，也会抬起头来互相看对方一眼，便又把头埋进了手机里。

女孩在这里待了三天，在这三天里，马群带着女孩看这个城市的景点、吃这个城市的小吃，但只要两个人坐下来，他们都会掏出手机聊天。

女孩临走的前一个晚上，马群带着女孩去公园，两个人并排坐在公园里看月亮时，马群突然在QQ上对女孩说：让我亲你一下吧。女孩回了一个害羞的表情，并附了一个"嗯"字。马群兴奋得不得了，他竟然举起手机，对着手机一阵猛亲。

女孩走的那天，马群去车站送女孩，当火车徐徐启动时，两个人恋恋不舍地挥手告别。

突然，马群像想起什么事似的，飞快地拿出手机，他在手机上敲下了两个字；再见！

过了一会儿，马群的手机嘀地响了一声，他打开手机，只见女孩也发过来两个字：再见！

那时，火车早已驶出了车站，只能听见咣咣当当的声音了。

对　话

夏天即将过去时，郝钟最终作出决定，在本市的晚报上刊登一则征友启事。

启事登出的第三天，郝钟便立即着手做准备工作。他去买来了许多信封、邮票。他决定，凡是应征的人，无论对方什么爱好和条件，都认真地给回一封信。然后，再在这些应征的人当中选择上几个兴趣和自己爱好相投的人长期交往下去。

当然，郝钟在那段时间里，注意力放得最多的还是床头柜上的那部橘红色的电话。他甚至连上厕所都不敢太耽误，他要倾听这电话铃声，对于打电话来应征的朋友，更不能错过。他在无事的时候，已想好了许多交友"辞令"，他深信凭自己的口才，绝对能使对方在第一次和自己交谈时，就会有个好印象的。

可是，事与愿违，征友启事登出两个多星期了，不仅没有一个打来的电话，甚至连一封信也没有。郝钟仿佛是一个不停撒网，却总是一无所获的渔翁一样，他开始感到失落。

也就在这个时候，一天晚上，郝钟突然接到一个电话。打电话的是男人，语气陌生而阴冷。他显然也是本市人，他既没有报自己的姓名，也未谈自己的兴趣和爱好，只说他想和郝钟见一面，谈上一谈。然后，说定了时间和地点，便挂了电话。

不管怎么说，郝钟总算有了应征的人，心里感到一种从未有过的欣喜。他觉得这个人也许和自己的心境及处境差不多。

几天后的一个傍晚——也就是那个应征者和他约定的那个时间——郝钟将自己收拾了一番便去和那个应征者会面。尽管郝钟的生活一向节俭，但这天晚上郝钟还是破费了一次——打了一次的。

郝钟到那里时，那个不知名的应征者已坐在了公园的草坪上等待着他。这使他很受感动。

郝钟便在那个应征者对面坐了下来，开始了长达两个小时的交谈。或许是彼此都太想倾诉了，也或许是相互之间少了戒备之心，郝钟感到了从来没有过的愉快。

这种愉快的交流，使郝钟更想进一步地去了解对方。但那个晚上的月光并不怎么好，在整个谈话过程中，尽管郝钟极力想看清楚对方的模样，但最终还是徒劳的。及至他回到家里，他仍弄不清对方长什么样子。他只是隐隐觉得那是一张非常冷峻的脸。

大约是在郝钟与那个应征者见面的第二天早晨，郝钟又接到一个电话。打电话的人就是那个应征者。他在电话里一再向郝钟道歉。他说，昨天晚上是因事未能赴约的。"你无论如何原谅我！"

郝钟听了这话，确信对方不是在和他开玩笑后，呆愣了片刻，便陷入了一种困惑之中。难道昨天晚上所发生的事，是个虚无的梦？不可能！

几天后的一个下午，郝钟专程去了一趟那个公园——他和应征者见面的地方。他想弄清楚这到底是怎么回事。

这一次的寻访，给他带来的不仅是困惑，还有一种恐惧，就在公园里那天晚上他坐着的那个地方的对面，他看见了一尊雕像。

那天晚上难道我是和雕塑说了许多话吗？郝钟想，这怎么说也是不可能的呀！

不 哭

　　他终于等来了她的电话。她说，她要来见他。

　　这个电话，他等了好长时间了。为了等她这个电话，他的手机几乎24小时都处于开机状态。连同上厕所，他把手机都抓在手上，生怕一时的疏忽，而错过了她的电话。

　　他一直喜欢着她。可她却专注地爱上了另一个男人。他也明白，那个男人在这个城市有房有车，能给她优越的生活，能让她在人面前光鲜起来。可他也明白，那个男人给不了他能给她的东西。当她义无反顾地弃他而去，跟了那个男人后，他就这样一直默默地选择了守候。他像一只守着老巢的鸟一样，守着他们租住的简陋的房子。甚至，那只在冬天里用来取暖的蜂窝煤炉子，他也一直保持着原样，安放在那里。他想，那只鸟要是真的飞累了，找不到别的归宿了，也许会飞回来的。

事实果真如他预料的那样。

那个男人并不是真心地爱她。他只是看中了她的年轻和美貌。女人的年轻和美貌是靠不住的。就像早晨的太阳,过了那个点,就不再是早晨的太阳了。它会变成午后的阳光和傍晚的夕阳。

现在,她在那个男人的眼里,已是残阳了。

残阳断月,已经风景不再了。

窗外传来了汽车的声音。

他知道,她来了。

此时,屋外已下起了大雪。雪花在他的窗前舞作了一团。

他将炉子里的火又捅了捅,然后起身开门。

和以前一样,他打开门的那一瞬间,她已站在了门外。只是没了往昔那种一惊一乍的笑声了。

她进屋,屋子里很暖和,她头发和脖子上的雪,好像害羞似的,只一瞬间,便没了踪影。

她光鲜的衣着,并没有掩饰住她满脸的疲倦。他的心疼了一下。

他搬来凳子,让她坐在炉子前。凳子还是以前她坐过的那只凳子,他把它擦得很干净。

他知道,她又要开始向他倾诉了。只有他知道她的苦。他把她的那些苦都一点一点地积攒着。

他想,这一次,等她哭了时,他再轻轻地将她揽进怀里,再轻轻地抚抚她的头发。

她果真开始向他倾诉。

一切都和他听说和猜测的那样。男人不再爱她了，他找到了更年轻、更漂亮的女孩。男人要像丢掉一块抹布一样将她丢掉。男人羞辱她、打她，甚至当着她的面带着那个新人在家过夜。

她没有让他看她身上的伤疤，但他能隐隐感觉到她身上伤疤的存在。

她虽然叙说得很平净，像是在说别人的事一样，但他还是能感觉到她内心那巨大的痛苦。

他真希望她能哭出来，把心里的委屈全都哭出来，那样她的心里会好受些，可她一直没有哭。

后来，她对他说，她想吃瓜子了。想吃他们在一起时吃的那种瓜子。

他起身将早就准备好的瓜子端了上来，还有她爱吃的花生。

他将瓜子和花生放在了烧热了的炉板上。一会儿，瓜子和花生的香味就飘了起来。

他抓起瓜子，一粒一粒地剥开，再一粒一粒地放进她的手里。

他说："吃吧。"

她一粒一粒地将瓜子送进嘴里。

这时，他看见她眼里的泪一串一串地滚了下来。

他想伸过手把她揽进怀里，像以前一样，让她的头贴在他的胸膛上，再用手去抚抚她的长发，但他没有。因为这时，她手里的电话突然响了起来。她低头看了看电话号码，一下子紧张了起来。

她说："我得回家了。"便匆忙地握了电话向门外走去。

屋外的雪，越来越大了。随着她身影的消失，那电话铃声也一点一点地消失了。

屋外是一片白。

麦　垛

收完麦子，麦草便垛在了场院外的空地里。

新打的麦草，散发着淡淡的清香，一缕一缕的，沁人心脾。

傍晚的时候，男人就喜欢一个人静静地躺在麦草垛上。凉风拂面而过，那野虫鸣叫声就在耳边。有时候，男人还能感觉到，那虫子就在他的身上蹦来跳去的呢。

偶尔的，也会突然传来一阵机器的咣当声，打破这片宁静。男人的心就会受到感染，也跟着咣当咣当几下。

男人住的这片郊区，地越来越少了，一片一片的地都变成了厂房。男人家的地偏远点，总算没受到影响。村子里的人，现在都不愿意种地了，他们宁肯把地空在那儿，天天等着人来开发，也不愿意拿锄头下地。他们甚至连菜也不愿意自己种。现在买菜买粮太方便了。

男人却喜欢种地，不图别的，只要掮着锄头站在庄稼地里，站在庄稼中间，他的心就特别地踏实。特别是在有月亮的夜晚，躺在新麦草上听着野虫的鸣叫，比躺在炕头搂着老婆都美。

晚上，男人又躺在麦垛上，不知不觉中就睡着了。等他醒来，四周已是一片寂静。这时，他突然听见麦垛的另一头传来了一阵窸窸窣窣的声音，男人吓了一跳。待他准备起身去看时，便有说话声传来。

是个女子。声音柔柔的，软软的。

女子说："咱走吧。"

"让我再抱一下下吧。"

是个男子的声音。也软软的。

女子说："再不走，回厂子就进不了门了。"

男子说："进不去，我宁愿翻院墙。"

然后，就没了说话声。却传来了男子和女子的喘息声。

听两人的声音，不是本地口音。男人想，这两人一定是村子里才建起的工厂里的工人。

村子里的地越来越少了，工厂却是越来越多了，村子里一下子就来了许多外地来的年轻人，他们穿着工装，在村子里出出进进。那一阵，在男人的眼里，那些人就是抢占别人窝的鸟一样，他从心底里恨死了他们。

过了好一会儿，男子的话又传了过来，这一次，男子显得很兴奋。

男子说:"要是你怀上了,我们就给孩子取个名字叫麦子吧。"

女子说:"难听死了。"

停了一会儿,女子说:"等我们挣下钱了,就在那最高的楼上买一套房子,抬头就能看见月亮,我就给孩子取名叫月儿。"

男子和女子就咯咯地笑了起来。

男人就看见一男一女从麦草垛那边走了过来。

男子很年轻。女子也很年轻。他们手挽着手向前面的大道上走去。有一刻,他们都停了下来,月光下,他们相互捡拾着彼此身上的麦草屑。

男子说:"这新麦草闻起来真香呢,就跟你身上的味道一个样。"

女子拍了男人一巴掌:"去你的!"

男子说:"下周休息日,我们还来这里吧。"

女子说:"我听腊梅说,人家主人很快就要将这麦草卖了呢。"

男子叹一口气。女子也叹了一口气。

男人看着那一男一女远去的身影,不知怎的,心里突然一酸。

过了两天,果然造纸厂的人就来了。他们开个车来拉男人家的麦草。

男人就拦在了造纸厂的车前,说什么也不让人家装车。

那人说:"老兄呀,不是说好了让今天来拉吗?我们可是交了定金的。"

男人说:"不卖了。交定金也不卖了。"

那人问:"为什么呀?你年年都急着要把麦草卖给我们,怎么现在不卖了?再说了,这麦草放在这儿不是浪费吗?"

男人说:"不卖就不卖,没有为什么。"

然后,他就在麦草垛上躺下来,眯起眼晒起了太阳。

反刍

二胡不到六十岁时，就显得很是苍老了。

他嘴里的门牙像是被牛践踏过的栅栏，豁去了不少。

阳光很好的日子，他躺在他家门前的那棵树下睡觉。他睡着了，那张没了门牙的嘴却依然醒着，仿佛含着一块嚼不烂的菜叶，总是在不停地嚼动着，咕叽、咕叽的。

二胡年轻时，给庄里的一个富户放牛，白天和牛在山上转，晚上和牛在栏里睡，这毛病就得下了。庄里人把这毛病叫牛回嚼，后来我知道了一个更文雅的叫法：反刍。

二胡现在住的房子就是那个富户留下来的。旧是旧了些，飞檐斗拱、雕梁画栋的富贵模样却还是依稀可见。

富户人家总有富户人家的一些传闻。二胡在搬进富户的房子之前，庄子里就疯传着一条消息，说富户曾在他的房子的某个地方埋着一罐宝物，只是富户连自个儿也找不到埋宝的地方了。富户后来走了霉运，搬离了庄子。庄里的人就拿着家什在那房前屋后刨了一遍又一遍，宝是没找到，把那房子却是弄得千疮百孔的了。

后来，这房子就归了给富户放牛的二胡。

房子归了二胡，别人自然不能再去刨了。二胡却着了魔，打那时起，只要一有空闲，就会看见他拿着锄头，像只鸡一样，在他的房前屋后刨着。

他一直企图找到那些宝物。

二胡在他的房前屋后刨了一年又一年。他竟然还真的从地底下刨出了几枚乾隆时期的铜钱，还有几枚分不清年代的铜钱以及一些破铜烂铁。这让他很是高兴了一些时候。他把那些玩意儿装进一只布袋里掖在腰上，走路时，那种金属相撞发出的声音就格外地好听。

起初，庄子里的人还有一些耐心，他们也期望某一天，二胡突然之间就能挖出那宝物来。现在，宝物的价值几何，对于大家来说，已不是多么重要了，大家只是希望这个传说、这件事有一个了结。就像一块块石头扔上了天，得知道它是落在了哪里。

可是，又过了几年，庄子里和二胡年纪差不多的都相继死去了，二胡也没有挖出什么名堂来。二胡虽然已挥不动锄头了，可他却还是没有停下来的意思。他拖着锄头房前屋后地转着。

他明显觉得他的时日不多了。

一天夜里，三胡的儿子正在另外一个庄子给人打嫁妆，晚上做了一个梦。梦里，他看见二胡打着一只灯笼去了他的家。

早上起来，三胡的儿子觉得这梦有些奇怪，二胡虽然是他的亲伯伯，可有好些年不去他们家了。正纳闷间，有人送信过来，让他快回家去，说他的老婆昨天夜里给他生了个儿子。

三胡的儿子回到庄子，还没看见他那刚出生的儿子，却又得到另外一个消息：他的伯父二胡也在昨天晚上死去了。

看了新生的儿子，安葬了死去的二胡，三胡的儿子越来越觉得那天晚上的那个梦有些奇怪。他甚至觉得那也许根本就不是梦。

三胡的儿子给他的儿子取了个名字叫梦生。

梦生慢慢长大了些，三胡的儿子发现梦生无论在模样还是行为上，都和他那死去的伯父二胡有着许多相像之处。梦生睡觉时，那张小嘴也总是不停地咀嚼着，仿佛那小嘴里含了一块橡皮，嚼也嚼不烂。

二胡坟上的草长到一尺高的时候，梦生就开始会走路了。

有一天，三胡的儿子在地里干活，一抬头，突然看见伯父二胡的老房子前有个人正拿着一只锄头在那里寻找着什么。自从二胡死去后，那房子一直就上着锁，也几乎没有人去过那里。那个人又是谁呢？

三胡的儿子看着看着，不由一惊：那模样远远看去像极了他的伯父二胡。三胡的儿子就放下手里的活跑过去，等他走近时，才发现是梦生。

梦生那时正拿着锄头在那里刨呢。

三胡的儿子就问他的儿子梦生在那里刨什么。

梦生说："寻宝。"

三胡的儿子看见梦生，一边刨着，嘴一边在咀嚼着。那模样真的像极了二胡。

从这天起，三胡的儿子已经没有任何办法去阻止他儿子梦生的这种行为了。他只能听之任之了。

秋天来临了，下过一场雨。二胡的老房子经了雨水的浸泡，终于没能支撑住，有一天，突然之间就轰的一声倒塌了。

房子倒塌的一瞬间，三胡的儿子猛然之间就想起他的儿子梦生来。他跑过去一看，二胡的房子已成了一片废墟。他在那片废墟里找到了梦生常拿着的那把锄头，只是没见梦生的影子。

三胡的儿子就站在那里喊："梦生！梦生！"

小样儿

"小样儿"是女孩撒娇时骂她男朋友的话。语气暧昧又有点亲昵。

"你个小样儿!"女孩说。

男孩这时候是幸福的,觉得这日子都是拿蜜浸了的,甜。他搂着女孩细细的腰,手就有点不规矩了,总是想顺着那腰要探头探脑地往下摸。女孩让他的手摸摸索索地往下走一截,再走一截,突然就不让了。女孩说:"不嘛!"就咯咯咯地笑。嘴唇印章一样在男孩脸上戳。

男孩的手在女孩的细腰处都走了三年了,却是一直没有走下去过。这多多少少让男孩的心里有些失落和不快。

有一次,男孩和女孩开玩笑说:"你这个人呀,啥都好,就是……"

女孩说："就是什么？"

男孩就嘿嘿地笑。一脸坏坏的表情。

女孩说："你说呀，是什么？你要是不说，我就不理你了！"

男孩说："就是不厚道。你总是将人家的火烧起来的时候，又给人浇凉水。真的不厚道。"

女孩愣了半天，才明白男孩话里的意思，脸上漫过一团红云，说："你看你个小样儿，坏死了。"

男孩说："真的吗？你看我这手都在你的腰上走了三年了，三年呀，就是徒步绕地球，怕也走到头了，可你愣是不让我的手往下走一点。"

女孩用手勾住男孩的脖子，在这一点上，女孩自知理亏，她唯一的办法就是撒娇。女孩说："我觉得你不是真心爱我，你只要和我在一块，就想那事。"

男孩说："天地良心，我真的爱你。"

女孩说："你要真的爱我，你就忍着点，反正迟早都是你的，不到结婚的时候，你就别想！"

没办法，男孩就一心盼着和女孩早点结婚。

男孩都二十八了，他的同学和朋友中和他年龄差不多的，大多都已结了婚，有的都有了孩子。只有零零星星的几个没有结婚的，要么是没有房子，要么是有其他的原因，可他们都在外面租了房，成双入对地，彼此老公老婆地叫着，和结了婚的也几乎没有什么差别。

其实，男孩和女孩早就张罗着准备结婚了。结婚这事，要说简单也简单，要说麻烦，也就够麻烦的。

第一年，男孩和女孩商量着准备结婚，赶巧女孩的哥哥要结婚。女孩的嫂子还没有过门，肚子先挺得急，这是没办法等的事。女孩的父母亲又都是那种老脑筋的人，说什么也不愿一年办两件喜事。他们结婚的事只能往后推。

男孩说："指不定明年还会有什么事，要不咱也像别人那样，悄悄地将证领了算了。或者，咱就先将就着住到一起？"女孩却是不同意，女孩说，结婚一辈子只这么一次，她不能就这么不声不响地将自己嫁了，说什么也得弄个大花车好好地浪漫一把。

只好等第二年。

第二年一开年，男孩和女孩老早就开始张罗结婚的事，他们两家的父母也觉得这事是不能再拖了，也都为他们的事跑前跑后地忙着。可是，结婚的东西备办齐全了，他们却还是不能结婚。男孩的父亲出事了，男孩的父亲本来是想为他们的婚姻添砖加瓦的，没想到一场车祸，却把自个儿的老命添进去了。

办完男孩父亲的丧事，男孩和女孩抱着头狠狠地哭了一场。男孩哭出了一脸的疲惫。

男孩对女孩说，父亲不在了，婚暂时又结不成，他说他想到别的地方散散心。当然，还有一个原因是，为父亲办丧事，已将他们筹备结婚的钱用了，他也得去找点挣钱的路子。

女孩不想让男孩离开她,她扑进男孩的怀里,哭。

"你个小样儿呀,你就忍心让我一个人……夜夜想你?"

男孩有点动摇了,他的手缠绕在女孩细细的腰上,他想,只要女孩让他的手往下走了,他就不走了。

可是女孩还是不让他的手越雷池半步。

男孩狠狠心,就走了。

男孩这一走就是半年。在这半年里,女孩几乎一天一个电话,女孩儿依旧小样儿小样儿地骂。慢慢地,女孩已从电话里能感觉出来,男孩的心里又开始有了一片一片的阳光。

半年后的一天,男孩回来了。

那天晚上,女孩去看男孩,还没进门,女孩就听到一个很甜的声音在和男孩说话:"你个小样儿,你看她长得多好看,你怎么就忍心丢了她和我好?"

男孩说:"也许这就是命吧,如果那时,她像你一样,让我这只在她那腰上走了三年的手,再往下多走一步,我就会不对你负这个责任了。"

招领启事

儿子考上大学的那一年,父亲下岗了。

面对儿子巨额的学费和生活费,父亲第一次感到了生活给他带来的压力。

尽管如此,他在儿子面前还是一脸的欢笑。

儿子终于要开学了,要离开这个小县城了,看着比自己高出一头的儿子,父亲心里竟有些恋恋不舍。在车站的站台上,他隔着车窗对儿子说:"爸爸单位忙,就不送你去省城了,你自己照顾好自己。好好读你的书,不要操心家里,爸爸的厂子现在效益好,你读完本科再读研究生,你想读到哪里,都有爸爸支持你。"

儿子的脸贴在车窗上,像一朵怒放的花。

车启动了,当那朵花越来越模糊时,父亲飞身跑下站台,再过三个多小时，还有一趟去省城的车，他和妻子商量好了，他也去省城，给儿子赚学费和生活费。况且，那里离儿子近，想见儿子时也许就能见得到。儿子从小到大连县城都没有出去过，他有些不放心。

在省城，他见到了儿子那所大大的学校，却没能见到儿子。没见到就没见到吧，儿子反正就在那里面。

父亲在离学校不远的地方租住了下来。

城里的钱也并不好挣，刚开始，他去了好多工地，想找点活干，可人家一看他那单薄的身子，都拒绝了他。后来，他去买来了瓦刀和粉墙的刷子，像其他人一样，想到劳务市场去等点活干，却常常是等几天才有一单活。房租和儿子的生活费却是不能等的。

有一次，他给人去干活，那雇主要拉一些建材，叫来了一辆三轮车，没想到，那拉三轮车的，一趟就挣了三十多块。第二天，父亲便用他身上所有的钱去买来一辆二手人力三轮车。

从那天开始，白天，父亲去劳务市场等活干，当夜幕降临，当这个城市一片灯火辉煌时，瘦弱的父亲蹬着人力三轮车在大街小巷穿行着，寻找着顾客。多一个顾客，就多一份收获，多一份希望。

这活儿真好，天天拿的都是现钱。

这个晚上，天贼冷，父亲仍像往常一样，在街上寻找着目标。冬天的夜晚，人们大多都龟缩在屋里，眼见都十点了，还没拉上一个活。

父亲准备骑车回家，可就在这时，他忽然看见了自己的儿子和一个容貌可人的女孩向他走来。一边走，一边举着手拦挡他的车。

父亲心里一紧，他想拒载，但看着冷清的街道再没有车了，便立马背过脸戴上口罩，拉低帽檐。

车在儿子和女孩面前停住了，他目睹着儿子拉着女孩的手上了车。

父亲没有说话。

"到三棵树酒吧！"

儿子说着，然后，紧紧拥住了身边的女孩。他听见儿子的嘴唇在女孩的脸上走出一片声响。

父亲像一头老牛一样，气喘吁吁地蹬着车小心翼翼地在街巷中穿行。他知道，此时此刻，儿子拥着那女孩沉浸在幸福之中，他不能惊散了儿子的美梦。

儿子真的是长大了，都有女朋友了，他想起儿子小时候自己用自行车载着他去上学的情境，那时，妻子坐在后座上，前面坐着的儿子手里拿着一只大大的气球，不时地还回过头在他的脸上亲一下。

糟糕的是，车子在拐进一条巷子时，突然间就发生了故障，或许是两个人的分量太重，也或许是路面不太好，车链"咣"的一声，断了。

父亲不得不下去收拾车链，但摆弄了好长时间就是修不好。

儿子和女孩先是有些急，接下来就变得有些愤愤的样子。

父亲未收儿子一分钱。

儿子和女孩走后，父亲忽然发现他们的包丢在了车上。可这时，儿子他们已经走了。

几天后，儿子学校的门口贴了一则招领启事，启事是父亲登的，说一位三轮车夫在车上拾了一个包，请失主到××处认领。

远　方

冬日的中午，奶奶和孙子躺在躺椅上晒太阳。

天气好暖和。太阳就像那狗的舌头，一点一点地从他们的身上舔过。舔得他们身上的毛孔都一个个舒展了开来。

远处的山一座连一座，也极舒服地蹲在那儿晒太阳。

奶奶真的老了，和孙子正说着话呢，眼睛就眯上了，随即，那没了门牙的嘴里就发出了呼噜声。

孙子觉得很无趣。以前爸妈在家时，院子里可热闹了，吃饭时，只要在场院里摆上桌子，那鸡呀狗的，都欢叫着在院子里跑来跑去。有时候，卖货的把蹦蹦车停在了场院中，村子里的男男女女，买货不买货，都会围着那蹦蹦车叽叽喳喳地说个不停。可现在，那份热闹一去不返了。爸爸妈妈出了远门，门前的树上连只鸟都不落了。孙子将手里握着的土坷垃掷向树时，听到的只是"叭"的一声脆响。

孙子不知道该做些什么,他跑到场院边对着一棵树撒了一泡尿,再用脚将一粒石子踢飞了出去,那粒石子就像一只鸟一样在空中飞了好远好远,突然就中了弹一样,一头栽在了前面的一座楼房的房顶上。孙子不害怕,就是那石子砸中了那楼房的玻璃,也没什么可怕的。他知道,那也是一座空楼房——房子的主人也像他的爸妈一样,出远门了。

孙子孤寂地坐在躺椅上,眼睛迷惘地向远处的那座山看去,很无助的样子。

突然,孙子的眼就亮了一下,仿佛黑夜里飞起的一星火。他连忙摇醒了奶奶。

"奶奶,你看那山上是啥?"

孙子其实还很小,对啥事都有些好奇。

奶奶睁开昏花的眼时,脑袋还有些迷糊。太阳有点耀眼,她就手搭凉篷向孙子指的方向看去。

奶奶说:"那是寨子,解放前住土匪的,后来土匪走了,村子的男人就去那里躲壮丁……"

孙子有些急了,说:"不是,不是。那我知道,你都给我说了一百遍了。我说的是那儿,你看,是那儿。"

奶奶再次抬起昏花的老眼,这次,她顺着孙子指的方向看了好久好久。

"噢,你问的是那东西。那是炼铁炉。五八年,全村的人都集中在那儿大炼钢铁，吃共产主义饭呢。"

"不是不是，这你也说过了，奶奶，我说的是那东西。"

奶奶这次看得很认真。山里的许多事，是给孙子讲过的。但讲过也就忘了。再有机会，她总会又讲。过去的事她记得太清楚了，只是眼前的事，她反倒有些记不住了。再说了，村里的年轻人都到山的那边去了，寂寞了总得说点什么吧。

奶奶看了一会儿，忽然间恍然大悟了。

"对了，对了。你问的是那东西？我怎么以前就没和你讲呢？那是碑。那年修从山里到山外的公路时，半拉子山崩了，死了好多人……"这次，奶奶讲得很投入，她讲着讲着，老花的眼里竟然有了泪。

孙子有些不耐烦了，可当他看见奶奶眼里的泪时，口气软了许多。

"奶奶，你怎么又哭了？每次你一讲到那碑、那公路，你就哭。"

其实，在奶奶的心里，她恨着那条路呢。那条路夺去了她丈夫的命，又是那条路让她的儿子和媳妇背井离乡去了山那边，丢下年迈的她和年幼的小孙子。有时她想，人要那么多的钱做什么呢？一家人在一块多好呀！可儿子和媳妇就不那么想。他们和村里的那些年轻人一道，年初出去，年尾才回来。

孙子有些不依不饶。

"奶奶，我是问那个地方的那个东西。"

奶奶用手抹了抹眼上的泪，只好又抬起头向远方看去。奶奶根本就看不清那远处的东西了。她老眼昏花的，常常会把眼前的树当作人呢。她之所以能把远处每一座山上的东西说得清清楚楚，是因为那每一件事她都经历过。她是凭着记忆向孙子诉说呢。

奶奶看了好久好久，当然什么也没看清，她终于有些泄气了。孙子呢，他一直以为他看见的是从山那边走来的人呢，看了许久，才明白，那不是，也有些泄气了。

奶奶的呼噜声再次响起时，孙子也就睡了过去。

太阳很暖和，有一串口水正从孙子的嘴角淌下来，有一瞬间，太阳光刚好射在上面，竟然是那么地晶莹透亮。

长发女孩

秀心里清楚，良一直喜欢着自己。

秀和良同班上学时，秀就坐在良的前排。秀的后脑勺虽然没有长眼，可她能隐隐感觉到，良在做完作业时，总是盯着她出神。

秀不仅人长得漂亮，那头秀发更是引人注目，仿佛是一挂瀑布，从肩上长泻而下，飞扬而又飘逸。这头发不仅让班里的男生惊叹不已，连同女生也都羡慕得要死。

良是那种性格比较内向的男孩，无论啥事都闷在心里，掖得严丝合缝的，从不用言语表达出来。良对秀的爱慕也是如此。良爱画画，得了空，总喜欢画上几笔。良的画画得很古怪，一色的是少女，一色的是长长的秀发，全都跟秀的秀发一个模样。秀发现了这个秘密，就将她的头发洗得更亮、更富有光泽。下课时，秀就找各种机会，站在离良不远不近的地方，故意用手将头发一撩一撩的，撩得良的心如同秀的长发一样忽悠忽悠地直飘。

有一次，语文课上，当老师讲到，辛亥革命之后，国民政府下令要剪去男人的辫子时，良听得就走了神，忍不住喊了一句："千万不能剪呀！"良的喊叫声，立即招来了满堂的哄笑，同学们都为良的一声喊而感到莫明其妙，只有秀的心里明白是怎么一回事。她的心里甜甜的，如同喝了蜜。

转眼，秀和良就高中毕业了，他们都未能考上大学，各自回到了自己的村子里去参加生产队的劳动。两村隔得很远，这之后，他们几乎没有见面的机会。不过，良的心里一直想着秀的那头美发，秀呢，自然惦念着良这个人。

生活总是充满着戏剧性。秀和良毕业后的第二年，秀嫁给了根。

根和良是同村，且住在同一个院落。

秀刚刚嫁过来时，很少能看到良的身影，但不知怎的，秀隐隐地觉得，那久违了的目光似乎又如影随形般地回到了她的身边。那目光时而像太阳般炽热，时而又像月光那样柔顺，有时，秀还能感到一丝哀怨和绝望。秀知道，那目光是良的。

根是村里的民办小学老师。根是个现代观念很强的青年，结婚前，他也是喜欢秀的那一头秀发的，但时间不长，根就发现，镇里的女孩子们都把头发烫成了绵羊毛一样的卷发了。

根便将秀也带到小镇上去，让秀剪掉了那头秀发，烫成了一头卷发。

秀顶着那鸡窝一样的头发在院落里出出进进时，大家都夸秀好洋气，洋气得像城里的女孩一样。可秀的心里却一点也兴奋不起来，因为她发现，自从她把头烫成卷发后，那时时让她心动、让她牵肠挂肚的目光，也随着她的那头秀发一起被剪掉了一样，一下子从她的身边消失了，如同一只鸟儿，飞得无影无踪。

这之后，秀常常就看见良的身影在村里晃来晃去。良总是喝得烂醉如泥，胡子也不再剃，头发留得老长，一副放荡不羁的样子。

秀看到良的这个样子，心如同被针刺一样难受。

有一次，秀在村口见到了良，秀就说："良，你该娶个媳妇了。"

良对秀笑了笑。

过了一段时间，一向拒绝谈对象的良，真的就开始找对象了。

良的对象是邻村的一个女孩。良将那女孩第一次领回家时，正是春天，村里人都去良的家看那女孩。秀也去了。秀惊奇地发现，那女孩也像她以前一样，有着一头长长的秀发。甚至，那女孩的头发比她的更长，更有光泽。秀看见良当着村里所有人的面，时不时地就会用手去摸一摸那女孩的头发。

良和那女孩的爱情进行得很快，他们一来一去过几次，就把婚期定了下来，等到秋天收了地里的粮，他们就结婚。

听到这个消息，秀的心由开始的高兴变成失落，再由失落变成了妒忌。她甚至有点憎恨那个长发女孩了。

第二天，秀去了一趟小镇，回来时，她的那头卷发就被拉得直溜溜的了。

秀的头发长得很快，雨后春笋般。春天刚刚过去一半，秀的那头头发就长得和以前一模一样了。没事时，秀就顶着这头秀发在村子里走来走去。有一次，她看到那个女孩挽着良的胳膊站在村口，便迎了上去，故意将那头发在他们的面前甩了几甩。秀看见，那一刻，良的目光仿佛风中的火苗，一点一点地燃烧了起来。

秀明白，良的心里还有着自己的位置。

秋天的脚步越来越近了，良和那女孩的婚期也越来越近了。可这时，秀发现，那女孩在村子里出现得越来越少了。秀故意问根："良要结婚了，他准备送什么礼物？"根听了这话，竟惊讶地看了秀好半天，说："你怎么还不知道？良和那女孩退了婚。多好的一个女孩呀，他说退就退了！"

秀说："为什么？"

根说："鬼知道为什么！"

秀想劝劝良，这是个多么好的女孩呀，让他不要再错过这机会了，可良似乎有意躲避她似的，总也见不上个面。见不上面，秀却分明感到那目光却处处跟着她，好像是那雾，正一团一团地向她罩了过来。

秀突然之间，有点害怕了。那曾经让她天天牵挂，让她感到幸福，感受到温暖的目光，现在却变成了一种内疚和负担。

秀又去了一趟小镇。她剪掉了她的那头秀发。

从小镇上回来，秀才发现，她的长发是剪掉了，可那双目光却总是剪不掉。

父亲的剃刀

大概是在上小学四年级以前,我的头都是被父亲用那把劁猪用的剃头刀拾掇得干干净净的。因为我的头生来就坑坑洼洼,在父亲的眼中,压根就是不该长什么头发之类的东西。每次剃了头,父亲总是很得意,像牵一只狗一样,拉着我在村子里溜达那么一圈。村里人看了我那油光泛亮的头,就会啧啧地夸父亲剃头的手艺高。

那一圈转下来,我家的院子很快就热闹起来。村里的汉子们蓬着一头乱发来了,父亲连忙从猪尿脬制作的烟包里撮出一撮烟,又手忙脚乱地从那只经烟熏火燎的吊罐里倒出水,给汉子洗了头,拿起那把剃头刀,拇指轻轻地在刀刃上刮了刮,开始给汉子剃头。父亲剃头的手艺的确不凡,无论是怎样的头,在他的手里,都像是刨洋芋似的显得很轻松,有时也发生意外,锋利的刀刃划破某人的头皮,父亲便慌得不得了,或者用香灰敷住伤口,或者用我的热尿止住了血。以后剃头的时候,父亲就格外小心。

  几个月下来,挣了不少钱,一家人碗里的油珠珠也比往日多了几滴。父亲便很高兴,时常给我们好脸色看,展开那猪大肠似的五指在我的头上摸了又摸,摸着摸着,父亲就来了兴致,对着我哥断喝一声:"烧水。"家里人都明白,父亲这是要自个儿给自个儿剃头了。这时候,父亲是轻易不剃我的头的。我的头是等到关键的时候,再用来显山露水。果然,父亲用皂荚水洗了头,从山墙上取下一顶草帽让我捧着接起那刮掉的头发。尽管那剃掉的头发再没有什么用场,但每次剃头,总要把它接着,然后再塞进墙洞里,我不知道这空间是怎样一种讲究和计较,但却发现,麻雀们在那里找到了一个很温暖舒服的家。不是吗,就在父亲洗好头的当儿,正好就有两只麻雀自那墙洞里跳上枝头。父亲并没看见这些,拿了那把剃头刀,开始给自己剃头。院里早围满了看稀奇的人。父亲开始剃头了。他先从最好剃的地方下刀,剃得极慢、极小心、极胆怯。眼看好剃的地方剃完了,看的人便将鼻孔出的气从鼻孔里憋回去,好久好久才从张大的嘴里吐出一口。父亲的嘴角便露出一丝不易觉察的笑,将剃刀在空中绾了个花子,极快伸向自己的脑后。他手起刀落,只那么三五下,那最难剃的地方的头发早已落进我捧着的草帽里了。等父亲收拾好剃刀,场院的人似乎才回过神,憋了好久的气，顿时化作一阵呼喊声爆满了场院。

父亲的这一次剃头，并没有给他带来好运。剃头来的人反而愈少。偶尔来的，都是些上了岁数的老头。我明白这是为了什么。太明白了！村里小学新调来了一位姓杨的老师，那是个很年轻的后生，没长胡子，但那"半边瓦"的头好生招惹人呢。村里的后生们有事没事就明目张胆地朝杨老师那里跑。每次去了，总是问同一个问题："你头的这种式样是咋整出来的？"杨老师便说是推子推出来的，"赶明我再回城了带一把来"。这事最终被父亲知道了。知道了，父亲就变得愈来愈沉默寡言了。

那是个非常闷热的中午。父亲又蹲在门前的土场边的核桃树下磨那把剃头刀。太阳很毒，硕大一棵树，地上只有核桃大块的阴凉。太阳的光线透过浓密的枝叶，在父亲那件对襟的汗衫上印出了块块斑点。父亲磨剃刀还从没有费过这么长的时间。直到母亲第三次去喊他，说我的头已洗过好几遍，他才缓缓站起来。但父亲并没有朝我走来，而是径直走进了灶房。等他出来时，手中多出一个白瓷老碗。

父亲让母亲闩了院门（这是父亲剃头史上前所未有的事），然后对我说："你喜欢小学杨老师那种式样的头型吗？"我望着父亲手中的剃刀，迫不及待地点点头。父亲说："那好，我给你剃一个吧。"那一刻，我看着母亲那张得比父亲手中老碗还大的嘴，真不敢相信自己的耳朵。但未等我反应过来，父亲手中的那只老碗已扣在了我的头顶，碗沿口之外的头发，被父亲手中的剃刀一点点地刮去……

与此同时，村子学校的操场上，像举行盛典似的，正云集着全村的人。众目睽睽之下，杨老师用他那把刚从城里带来的推子，为村里的一后生理头。

这天下午所发生的事，是可想而知的……只是父亲从此再未给任何人剃过头。那把剃刀也被父亲用三尺红绸包裹着压进了箱底。直到后来，我们兄弟分家时，父亲才将它拿了出来。

分家时，我没有要其他的家产，只要了那把剃刀。为此，妻子还狠狠责怪了我一顿。面对妻子那愤怒的面孔，我还是笑了笑。我想：将来等我的儿子长大时，他所拥有的一切，远远比我们这个时代使用的东西先进得多，而这篇文字和与这篇文字相关的那把剃刀，他绝对不会再有。

一个特殊的电话

有一次，来了一个朋友，那天刚好临到我休假。吃完饭，我便带着那个朋友去我们医院旁边的那个茶馆里喝茶，顺便叙叙旧。

朋友是从南方一个城市来的，我们好久都没见过面了。

茶馆取名"品味"，不太大，却还名副其实，里面布置得古朴典雅。

也许是白天的缘故，我们进去时，只有两个客人坐在那里。是一对情侣，也许不是，但两人说话的样子显得很亲昵。

那个女的，也只有二十多的样子，显得很温顺，说话时声音细细的，像一只小绵羊。男人就不一样了，三十多岁，举手投足都显得势很大，说话声音也很大。

"这事对于我来说，就不叫事！"

我们刚坐下，那个男人就对女孩这样说。

从这句话推断，在我们进来之前，那个女孩一定是有某件事情要这个男人帮忙。男人就对女孩夸下了海口。

对于这样的男人，我见得多了，也就见怪不怪。我身边有好多人都是这样，只要女人说要天上的星星，他都敢夸下海口，他能搬个梯子给摘下来。

服务生给我们将茶端上来，刚放到桌子上，那个男的又哈哈地笑了起来，很开心的样子。

朋友说："我们有一年多没见了吧。"

那个男人说："差不多。"

朋友看了那个男人一眼，有些无奈地端起茶杯喝了一口茶。

我问朋友："这次来，准备待几天？"

朋友正要回答。那个男人的声音又传了过来："三天，最多三天！"

我们的对话，就这样串联在了一起。然后，然后那个男人放在桌子上的电话，蓦地就响起来了，吓了我们一跳。那个男人的电话和他的说话声一样，很大。连同电话那头说话的声音，我们都能听得一清二楚。

电话那边也是一个女人。

很快，我就听明白了这个电话的意思。女人的小孩病了，知道男人门路广，认识我们医院的专家，就想请男人打个电话找一下那个专家，帮忙让小孩住上院。而那个女人所说的专家，就是我。

这事听起来有点意思了。没想到这个电话还和我扯上了关系。

男人对着电话说："没问题，我和他很熟。我马上就给他打电话。"

男人说的"他"，一定是指我。

朋友放下茶杯，看了那个男人一眼，对我努了努嘴，说："你们很熟？"

我说："哈哈。也许我们在某个场合见过，比如饭局酒桌上，然后互相留过电话，这样的事很多，可我过后就忘了。"

"哈哈，"那个男人放下电话，对着那个女孩笑了笑说，"不好意思。"

男人把电话放在了桌上，又撕撕扯扯地和那个女孩说起了话。我下意识地也掏出了电话，把它放在了桌子上。

不知为什么，我有些期待那个男人把电话给我打过来。可直到我和我的朋友离开了茶馆，我的电话也没响起来。那个男人的电话就放在他面前的桌子上，而他已起身坐到了那个女孩的身边。他们开始有了些亲昵的动作。

临走时，我还是没忍住，走到了那个男人的身边，我说："朋友，刚才的那个电话我都听见了，你怎么不帮你的朋友打个电话问一下呢？你朋友的小孩生着病，一定着急呢。"说真的，他要是真将电话打到我的手机上，这个忙，我一定帮。

男人好奇地看了我一眼，把手从女孩的手上撤回来，说：

"你还挺能管闲事的呀。哈哈。"

我们回去，走到医院门口时，果然见到一个女人抱着一个小孩，在医院门口徘徊。她不时地将手里的手机拿起来看一看，生怕手机响了她没听见。

我走上前，看了她怀里的小孩一眼，是急性肺炎。我走到花坛边给值班的朋友打了个电话，不一会儿，我看见一个护士跑了出来，走到了那个女人面前，这时，我才松了一口气。

一个人,一头牛

黄昏是老人一天中最高兴的时候,老人将做好的饭菜端到场院的石桌上,开始了他的晚餐。饭菜很简单:一盘青椒土豆丝,一盘腊肉炒胡萝卜片,还有老坛腌制的酸菜,是用一只碗装着的。却有酒。有了酒,这日子就有滋有味了。

两只鸡不知为了争食什么东西,竟然在院子的那头厮打了起来,嘎嘎嘎的叫声把空气都撕扯成一缕一缕的了。一头老黄牛,就卧在老人的饭桌旁,老人斟一杯酒,自己喝了,再斟一杯举到老黄牛的鼻子前,说:"伙计,再干一杯吧。"老黄牛竟然张了嘴将酒喝了下去。

自从村子里的人陆续搬走后,老人就开始把这头老黄牛当成酒友了。刚开始,老人把酒杯举到老黄牛的嘴边时,老黄牛还忸忸怩怩的,不愿喝呢。没想到,过了些时日,这老黄牛竟也有了酒瘾。有一次，喝着喝着，老人醉了，老黄牛也醉了，人和牛竟然都躺在地上，半天都爬不起来。

村子里的搬迁，从前两年就开始了，陆陆续续地。到了去年年底，就都搬完了。只剩下老人一个人了。老人才不愿搬呢。这地方除了离河川远点，哪儿就差了？再说，人长腿不就是为了走路的吗。出门就坐车，还要这腿干什么？

儿子刚搬走时，老人就去河川的新房看了。房子是楼房，一排连着一排，青砖红瓦，又高又大，房子也很亮堂。可除了房子，连个种菜的地方都没有。出门尿泡尿，一不小心就浇到了别人的地界上了。住这样的房子吃什么喝什么？别人都笑他，说，那米呀面呀想买多少有多少，出了门就有菜市场，还操心没有菜吃。

但任凭你说一千道一万，老人就是不搬。

村里的人都搬走了，地就空闲了。老人却没闲着。春天的时候，他和那头老黄牛将那些地，一遍一遍地犁了，再把种子一粒粒撒到地里，他还给那一块块地插上了篱笆，什么也不防，也没什么好防的。只是为了好看。下过一场雨，秧苗就从泥土里探出了绿乎乎的头。老人站在地里，就像一棵挺拔的玉米。

　　远望乖姐矮坨坨，
　　身上背个瘪挎箩。
　　一来上山打猪草。

二来上山会情哥,

会见了情哥有话说。

老人唱着山歌，就又想起了以前村子里的日子。

那时候，真好呀，一到春忙时节，地里到处都是欢声笑语。男人们赶着牛耕地，女人们则跟在牛屁股后面撒种。还有那一缕缕炊烟，就像老人的呼唤声，当你刚刚觉得累了饿了时，就会从烟囱里袅袅升起来。

这才是日子呀，到处都是烟火气。

可这一切，都成了一种记忆，都随着村里人一块搬走了。现在呀，一个人和一头牛，就是闹翻天，也是冷清清的。

地里的庄稼长到半人高时，老人去了一趟河川，他是去买化肥，顺便看看儿子和孙子。

自搬到新房后，儿子就开始到处跑着给人打工，有时十天半月也不着家。儿媳妇呢，穿上了红马甲，给人扫马路，一个月八百块钱，先前那空落落的新房，现在到处都堆着儿媳妇扫路时拾来的纸壳和矿泉水瓶子。先前呀，屋子里到处都是粮食的气息：房檐上挂着的是金灿灿的玉米，山墙上挂着的是红艳艳的辣椒，灶头上那一排排的腊肉，看一眼都让人嘴馋。可现在呢，满屋子里除了半袋米和半袋面要死不活地蹲在角落里，全都是破烂了。最让人不省心的还是那孙子，原先是多么听话的孩子呀，现在为了上网竟然开始逃学了。

老人没见到儿子,也没见到孙子。倒是见到了老邻居吴婶。吴婶在床上躺了有半个多月了,为了想在屋后的屁大一块地方种点葱,竟和人家动起了手。吴婶见到老人,拉着他的手,竟然哭了。吴婶说:"真是丢死人了,要是以前,那点儿地我是看都懒得看的,现在为了争它,竟然和人动起了手。"

老人说:"等好了还是搬回去吧,有自己的地种着,有粮食在柜子里装着,过起日子来,心里踏实。"

这话说得吴婶的泪又稀里哗啦地流了半天。

这一次,老人回到家里,心里久久都平静不下来。

又下过一场雨。缠绕在篱笆上的野草竟然就开花了。那花开得是那样的热闹,像是要为即将到来的丰收举行庆典。

老人多么希望儿子、孙子和邻居们能回来呀,回来看看这些花,看看地里的庄稼。

每天黄昏,老人就会拉着他的那头老黄牛站在回村的路口。人,站着。牛,卧着。他们就那样一起看着夕阳一点点地落下山去。

简单的爱

他和女孩在大学里相恋了三年。毕业后由于工作的原因，女孩留在了他们上学的那座城市，而他却不得不暂时去了另外一座城市工作。

两座城市虽然相隔数百里，可他们却相爱如旧。

两座城市，两部电话，叙说着两个人的相思和相爱。

有一天，他突发奇想，想悄悄去那个城市看看那个女孩。女孩总是在电话里埋怨他不够浪漫。他想浪漫一回，通过这种方式给女孩一个惊喜。

他的朋友芦芙荭说过，爱，处处充满着惊喜。

于是，他赶紧去买了去那个城市的车票。

他坐了一宿的车，在第二天清晨回到了曾经给了他许多美好回忆的那座城市。

他有些惊喜,又有些惶恐。记忆中的那个城市,竟然变得如此的陌生。

他去花店里买了九十九朵玫瑰花。他赶在上班前,去了女孩上班单位的门口,他像一个猎人一样守候在那里。他想等女孩出现时,悄悄地尾随在女孩的身后,再拨通她的电话让她回过头。"蓦然回首,我就在你身后。"

想到这样的场景,他自己都有些激动不已了。

女孩终于出现了。

他拨通了女孩的电话。

他说:"在干吗呢?"

女孩说:"正想你呢。"

他说:"胡说了吧,我听见你的脚步声了。"

女孩说:"正走在上班的路上。"

他说:"今天穿啥衣服上班?"

——这是他们以前经常玩的一种游戏。

他看见女孩一边抬头东张西望了一下,一边说:"你猜?"

他故意说:"我猜不出来。"

女孩下意识地扭怩了一下身子,撒娇说:"我就要你猜嘛。"

于是,他照着女孩的穿戴,从头上开始,一点一点地往下说。哈哈,这样的效果果然不错。说到后来,他看见女孩由于惊奇,脸上的表情都有些夸张了。女孩那好听的笑声不用电话,他都能听得清了。

挂了电话，当他捧起地上的花，准备向女孩走过去时，突然，一个男孩出现在了女孩的身边。男孩的手里拿着两份早点，是最普通的那种早点：豆浆、油条，还有茶叶蛋。男孩将早点递给了女孩一份，两个人就坐在了路边的台阶上吃了起来。女孩剥好一只茶叶蛋，又剥好一只茶叶蛋。她顽皮地将两只茶叶蛋举在面前，让男孩挑选。两只一模一样的茶叶蛋，却在他们的嬉闹中挑选了老半天。他看见女孩看男孩挑选茶叶蛋时的眼神是那样的幸福。

一切都是那样的自然，女孩吃着茶叶蛋时，甚至将头靠在了男孩的肩膀上。

看着眼前的一幕，他将捧在手上的花放在了身边的一株小树旁。然后，他掏出笔写了一张卡片：请把这束花送给你最爱的人。

他回头看了女孩一眼，又看了一眼，一转身，走了。

这一次，他再没有回头。就这样，一直走到车站。当他从售票员的手里接过返程的车票时，他掏出手机，给女孩发了一条短信：

我来你的城市了。

过了一会儿，女孩果然回了短信：

哈，哄鬼去。

他抬起头，看着晴朗的天空，回复道：

真的，就在刚才，我看见你和一个男孩，坐在雨中的台阶上，一起吃早点呢。

乖，好好上班吧，我们这里正晴空万里呢。

当天晚上，他就回到了他工作的城市。他原以为，两个人两座城市，相隔几百里地，是个很远的距离呢，现在想想，也就是一个晚上的距离。

他走出车站时，才发现，他工作的这个城市此时正笼罩在一场蒙蒙细雨中。他站在雨里，掏出手机给女孩发了一条短信：

我回来了。

雪　梦

　　他坚信他确实未曾见过那个女孩。可那个女孩却总是出其不意地走进他的梦里。一次两次也罢了,但他却常常在睡梦中见到她。这样,他就觉得事情有些蹊跷了。情窦初开的他预感到,这个女孩冥冥之中与他今后的生活、命运必然有某种联系。

　　梦中的那个女孩很漂亮,纯情如水的面容、楚楚动人的眸子,以及那一头瀑布般的秀发,即使在他醒着的时候,也是那么清晰地印在他的脑子里,使他时时难以忘怀。

　　于是,在以后的许多年中,他开始在生活中按图索骥地寻找那位梦中女孩。他到过许多地方,见到过许多美丽的女孩,他上的那所艺术大学里,甚至就云集了全国各地各色的美女,可没有一个女孩能如他梦中的女孩那般令他怦然心动。一次次梦见那个女孩,更令他一次次的失望。他知道,那个女孩也许这一生都只能待在他梦里，像画中人似的永远走不进他的现实生活中来。

那一年冬天，他回到乡下老家时，又梦见了那个女孩。女孩依然是那个样子，依然穿着牛仔裤和鹅黄色的羽绒服，若即若离地站在他眼前不远的地方。醒来后，他听着房外簌簌飘落着的大雪，忽发奇想。第二日一早，他起床后就踏着没膝深的雪专程去了小镇一趟，买回了梦中女孩穿的牛仔裤和鹅黄色的羽绒服。之后，他背上照相机，独自一人跑到山野中，开始用雪为他那梦中的女孩塑像。他弄得极为认真，凭着他艺术高才生的天赋，凭着他对女孩刻骨铭心的记忆，整整花去了大半天工夫，他终于用雪一分不差地塑出了梦中女孩的像。他给女孩穿上了他买来的衣服，又给女孩化了妆，当他确信面前这位女孩就是他梦中的女孩之后，他拿起照相机，从不同的角度，为那女孩拍了照。

天晴了的时候，山野上用雪塑的女孩融化了。但他梦中的女孩却永远留在了照片上，简直可以以假乱真了。他在这许多的照片中挑选了最满意的一张，放大后装进镜框挂在了卧室的墙壁上。朋友们来玩，见了那张照片，忍不住总是要问那镜框里的女孩是谁，他笑笑，避而不答："你们猜？"

朋友们当然猜不着。猜不着他也不揭这个谜。

这个梦中女孩在他的卧室伴他几年后，他已到了做爸爸的年龄了。他不得不和一个现实中极为普通的女孩结了婚。婚后的生活和其他许多家庭一样平淡。只是他的妻子每当闲下来时，看着镜框里漂亮得令人嫉妒的女孩，忍不住总要问他："那个女孩是谁？"初始，妻子问他，他也是笑笑避而不答。他甚至为自己这件艺术杰作而得意。时间长了，他就说了实话："这是我用雪塑的。"妻子当然不相信。雪怎么能够塑出这般活灵活现的女子来？不相信，仍要问。他就唯唯诺诺，不知该如何是好了。妻子见他那样，心里就起了疑心，白天黑夜满脑子装的都是那镜框里女孩的形象。之后，也不知为什么，他们的小日子就开始了磕磕绊绊。再后来，他和妻子终于不明不白就离了婚。妻子临走时，挺着个大肚子，什么也没要，只是脑子里装走了镜框里那个女子的形象。

　　许多年后，他老了，那依然年轻的梦中女孩伴了他一生。一次下乡采风，他偶然在一个村子的小河边见到一个洗衣的女孩。初见这个女孩，他确实吓了一跳：怎么与他梦中的女孩和他墙上镜框里的女孩长得一模一样？当他随女孩去了女孩的家的时候，他更是吃了一惊。女孩那双目失明的母亲竟是他以前的结发妻子。

银杏树

很小的时候,黑子就没见过爹,每日里娘背着他扛锄挎篮下地去干活。

黑子坐在地头,看着娘吧嗒吧嗒流着汗水,把玉米或小麦的种子种进地里,过些时日,青乎乎、绿油油的庄稼就长出来了。黑子就觉得有意思,于是,他也种,汗水也吧嗒吧嗒地流。但他种的却不是小麦或玉米的种子,而是一粒粒好看的石子。石子种进地里总长不出秧苗来,他很失望。

失望中黑子长大了些。下地干活可以帮娘挎着篮子。篮子里没有了庄稼的种子,却满满当当装着他好多好多稀奇古怪的想法。

一个太阳很暖的天,黑子又随娘下地干活了。他在地头上和一群伢崽玩,他们不知因什么事玩出了别扭。有伢崽就骂:

"黑子黑，没得爹。"黑子就哭了，跑到了他母亲那里，一边委屈地淌着泪，一边问："娘，我爹呢？我怎么没爹呢？"

黑子的话也许问得太突然，母亲就被他问愣住了。愣愣怔怔了好久好久，泪珠也一串串地淌。

"娘，你说呀，我爹呢，我怎么没爹呢？"

黑子娘就说："你爹死了。"

"死了？！那么人呢？"黑子显然不明白死是什么意思。

"死了就是埋进土里了。"

黑子想到了埋进土里的种子，想到了长出地里绿油油、青乎乎庄稼的秧苗："爹也会长出秧苗吗？也会长出许多许多的爹吗？"

之后，别家的孩子再和他闹了别扭，再说"黑子黑，没有爹"时，他就会露出灿烂的笑，理直气壮地说："我娘将我爹埋进了地里，等将来会有很多很多的爹长出来呀！"

伢崽们听了就笑，大人们听了就一声声叹息。

黑子夜里就常做梦，梦见地里长出了爹，梦见爹回到家里和娘说话、帮娘干活。他就拼命地喊爹。醒来时，他就看见娘一个人在茫茫的黑夜里淌眼泪。

黑子不敢再问娘关于他爹的事了。他知道，爹的种子像种进他娘心里的石子一样，永远不会发芽的。

一茬茬种子种进地里，长出了一茬茬的庄稼，又收获了一茬茬种子。黑子长大了，参军，转业。有了工作，也做了人的爹。

娘老了，死了。

那一年，转业到县文化馆工作的黑子，和着泪写了他生平的第一篇故事。故事写的是一个乡村女子救了一个游击队伤员，伤员临上前线的前一个晚上，那女子以身相许。不料在那个伤员走后的第三天，村里又开进一支国民党队伍。那女子正准备从后山上逃走时，却遇见了一个年轻的国民党士兵……

故事发表后，黑子回到了乡下。他在娘的坟前坐了好久好久。临走时，他在娘的坟前栽了一对银杏树。几年后银杏树长大了。黑子却发现，那一对银杏树都是雄株。

一墙之隔

岛的个儿不高，长得瘦不拉几的，薄土里长出的竹一般。平素，岛少言寡语，常常一个人闭上门坐在房间里拉二胡。岛的二胡拉得很好，弓法娴熟细腻，情感真挚饱满，只是那曲调一色儿凄楚哀怨，让人听了老想抹泪。

后来学校里调来了竹，竹是个文静腼腆又极尽可人的女孩。

竹刚调来学校的那会儿，学校住房紧张，校长找岛谈过几次话之后，就请人用土坯将岛原先住的那间房一分为二，隔成了两个小间。岛住一小间，竹住一小间。岛虽然觉得这种住法有许多不妥当和不方便之处，却也没可奈何。"谁叫我还是单身呢？"

岛依旧拉他的二胡。不过，自竹住到他的旁边后，岛手中二胡流淌出来的曲调，不再像从前那么惆怅、那么忧愁了。更多的时候，调儿都极尽优美、极尽抒情。

一堵土坯墙，虽然隔断了视觉，却是隔不断听觉。竹每每听到岛在房间里拉二胡，心就随了琴声而去。动情时，禁不住也随二胡的曲儿哼唱几嗓子。岛听见竹和了自己拉的曲儿唱歌，二胡就越发拉得动听了。

慢慢地，岛手上拉着二胡，耳朵里却没有了二胡声，满是那竹的唱歌声。

岛开始喜欢上了竹。

岛喜欢上了竹，就再无心拉二胡了。二胡传情却不能表情。

之后的一个个夜晚，岛就一个人躺在床上，静心地听竹在墙那边弄出的各种声响，任想象插上双翅，穿越漆黑的夜，穿越厚厚的土坯墙，去无限地膨胀。

岛觉得，竹在她房间里轻轻的走动声，柔柔的出气声，以及洗澡时把水撩出的哗哗声，在床上不安的辗转声，都令他心动，令他牵肠挂肚。岛一次次想找机会把他对竹的思念说给竹，然而，一旦见了竹的面，他的目光马上就萎缩了。他的一举一动全都乱了方寸。他缺乏这种勇气。他对竹的爱暂时只能放在心里。

而竹呢，没有了岛的二胡声，心就像被谁掏去了般地空落，她一个个夜晚都在焦躁不安中度过。可墙那边的二胡声却再没有响起。她不明白岛是因了什么不再拉那把二胡了。是弦断了？是弓坏了？抑或是其他什么原因？竹想，如果岛的二胡声再响起，她一定让岛拉一首情歌，她要用歌声去给岛一个暗示，她喜欢岛。

然而，好像是有意和她过意不去，墙那边的二胡声却再没有响起。

转眼过去了一个学期，这个学期，岛几乎每个夜晚都是在想着竹的一颦一笑，听着竹弄出的各种声音中度过的。岛恨自己怎么就没有男人的胆量！

岛终究有些耐不住了。耐不住的岛一遍遍地在心里恨自己，又一遍遍地鼓励自己。末了，岛就想，何不想个法子试探试探呢？

于是，从某天夜里开始，岛开始早早躺到床上去睡觉。岛躺在床上，脑子却异常清醒。竹在房里改作业，笔画在纸上的声音，他都听得清清楚楚。岛就装作一副睡意蒙眬的样子，又是磨牙，又是打呼噜，还故意翻身把床弄得吱吱作响。然后，他圆睁着双眼，开始说"梦话"。岛的梦话说的全是如何爱竹之类的内容。岛一边说着梦话，一边竖起双耳倾听竹在墙那边的反应。

以后的每个夜晚，岛都是这样，他不相信感动不了竹。

一个一个的夜晚过去了，一个一个的夜晚岛说着梦话。岛爱竹爱得更加热烈。

又是一个十分寂寞、十分无聊的夜晚。岛刚刚躺在床上，就听到墙那边传来了一个既熟悉而又陌生的声音。"是谁呢？"

岛搜肠刮肚，在记忆中找了好久，才想起，那是乡上那个副乡长，一个长得很丑又很自负的男人。

岛的梦话于是从这个晚上开始消失。因为从这个晚上开始，他几乎天天都能听见副乡长在竹的房间里说话的声音。

岛又开始拉二胡了。二胡的声音如同在秋天的淫雨中泡过一般，好湿重。

竹在岛的二胡声中与副乡长结了婚。

日子又平淡地过去了一年。

这一年里，岛依旧拉他的二胡。

后来的某一天，岛一心一意拉那把二胡时，突然听见墙那边传来了隐隐约约的哭泣声。声音不高，却极为伤心。

是竹在哭泣。

岛这时才忽然想起，那个副乡长好久没有回竹那里了。副乡长与竹结婚后，几乎天天都喝得烂醉如泥方才回来。回来后，不是哇哇地呕吐，就是恣意骂竹，有时还一意孤行地要与竹做那事。竹若不依他，他就会拳脚相加。竹常常鼻青眼肿地去给学生们上课。岛每每见了，比自己挨了打还难受。

这天夜里，二胡弦"嘣"的一声在岛的手里断了。

第二日夜里，岛忽然又说开了梦话。他骂自个儿是个胆小鬼，悔自个儿当初不该未将话挑明，他骂副乡长是个畜生都不如的禽兽。岛只是想帮竹出出气，没想到，当他泪流满面地骂完这些时，墙那边竟然传来了竹的声音。竹说："岛，你骂有什么用？悔又有什么用？我知道你是爱我的，那时，你每天夜里都在为我说着梦话，我是天天等着你将梦中说的话能在青天白日当着我的面说一遍呀，可你那时为什么就不说呢？"

这个晚上，岛一夜没合眼，他知道竹一夜也未合眼。一堵墙隔着他们，竹没再说话，岛也没说话。

第二天，岛找到了校长，岛与校长说了什么，无人知道。过了两天，岛就搬出了那间房。

岛自己掏钱在学校的外面租了间民房，每天，岛按时来学校上班，按时下班，没人知道岛还拉不拉那把二胡。

鞋的故事

猫头在冬天里，脚上总是穿着一双比他的脚大一号的棉布鞋。走起路时，扑腾扑腾的像是踏在淤泥里一样。有一次，学校里做早操，猫头一踢腿，一只鞋，竟然越过老师的头顶，像一只鸟一样扑棱棱地飞向了半空，引得同学们一片欢笑。

夏天来临时，同伴们都换上了各式各样漂亮的单鞋，猫头脱去了棉鞋后，却没有单鞋，就只能赤着脚来来去去的。这倒给了他很多自由。他赤着一双脚，上山下河地东跑西逛。说实话，到了夏天，没有几个人喜欢在脚上套上这劳什子走来走去的。

于是，我们这些有鞋子的，也学着他的样儿，背过大人，将鞋子脱了，用绳子一穿，挂在了脖子上，也赤着脚在田野里跑来跑去，那样子就像是一个搭着褡裢赶集的小商贩。

那些日子，我们光着脚，却是那样的快乐。

有一天，当我们都赤着脚去上学时，就引起了老师的注意，老师耷拉着个脸狠狠地收拾了我们一顿，就作了规定：学校里是不准学生光着脚来上学的，谁要是再光着脚到学校，就不让他进校门。

第二天，当我们都穿着鞋子走进学校时，只有猫头一个人是光着脚的。那个长着鹰钩鼻子的老师，真的就把猫头撵出了教室。我们上课时，猫头就光着脚站在学校的操场上，毒日下，猫头的脸上汗流如注。

也许是由于这个原因，猫头三天没有来学校上课。

第四天早上，在我们的期盼中，猫头终天来上学了。远远地，我们就看见猫头的脚上穿着一双崭新的黑布鞋向学校走来。我们高兴坏了。

上完一节课，我们都围在猫头的身边，想看看他新鞋的样子。猫头的家里穷，有一双新鞋真不容易。而猫头见大家向他围过去，好像我们要抢他的新鞋子一样，撒腿就跑。我们几个追上去抓住了他，抬起了他的脚。我们要将他的新鞋脱下来让每个人都穿一穿，沾沾新鞋的喜气。

猫头的脚抬起来时，我们的心里不由一惊。我们发现，猫头的脚上穿的根本就不是什么新布鞋。那双远远看上去很漂亮的黑布鞋，竟然是他用墨汁细细画在脚上的。

我们都傻在了那里，不知所措。

猫头却笑了,他说:"哈,我这才是真皮的鞋呢,永远都穿不烂的。"

我们也都高兴地笑了。

从这天起,我们班的所有人都守口如瓶,我们一起为猫头守着这个秘密,守着这个关于鞋的梦。直到有一天,猫头在上体育课时,一不小心踩在了一块碎玻璃上时,这个秘密才让老师发现了。

我们以为这一次完了,猫头一定会受到老师的惩罚,可我们的那个长着鹰钩鼻子的老师,在得知了整个事情的来龙去脉后,什么也没有说,他回到屋子里将他的鞋子找出一双,并亲手穿在了猫头的脚上。

那双鞋穿在猫头的脚上有些大,猫头走起路来,就像是个怀了孩子的孕妇,扑腾扑腾的,可猫头还是很兴奋。

回　乡

谭小石带着朗朗回到梅镇的时候，梅镇刚刚经历过一场秋雨。镇子街道上的积水还没有干，一团一团的积水，如同一面面镜子，把远山近影尽收其中。一眼望去，那窄窄的街道，就跟一幅幅画一样，格外好看。

朗朗走在谭小石的身边，就像一面旗帜一样鲜艳夺目。他们跳过一潭一潭的积水，那左蹦右跳的样子，就像一对行走在画上的蚂蚱。镇子上男人们的目光在那一刻仿佛变成了一双双贪婪的手，开始在朗朗的身上摸来摸去。

谭小石就是这样在人们羡慕的目光中，带着朗朗从梅镇的街道上向家里走去。

对于谭小石要回梅镇，镇子上早有了传闻。一种说法是，谭小石这些年在外面开了公司赚了很多钱；还有一种说法是，谭小石在外面替人坐了几年牢，人家给了他一大笔钱。但不管怎样的说法，有一点是可以肯定的，那就是谭小石有了很多的钱。

谭小石是在十年前离开梅镇的。谭小石是个孤儿，家里很穷。有句话叫穷凶极恶，谭小石当时就是那样。镇上的人都还能清晰地记得谭小石被村主任拿着大木棒赶走时的情形。村主任家的东西丢了，一口咬定是谭小石偷去了，他提着一根木棒子追打谭小石。那天，天上正下着雪，谭小石赤着一双脚，像一只被猎人追赶的兔子一样，在雪地上跑着，他就是那样在村主任的追赶下跑出了镇子，跑出了人们的视线，从此再没有回来。

没想到，谭小石在十多年后，又回来了，而且是以一个有钱人的身份回到了梅镇。

谭小石回到梅镇的第一件事，就是要在老房子上重新盖几间新房。他再也不会离开这地方了。梅镇对于谭小石来说，虽然有恨，但更多的还是爱。他心里比谁都明白，那时，与其说是他去偷别人的东西吃，不如说是大家在用另一种方式送他东西吃，镇子上的人家，几乎都是把吃的东西放在他能看见的地方，让他偷去吃了。谭小石离开村子十多年，但他也把这份感激在心里酝酿了十多年。

现在，他终于回来了，他要把这份感激变成一种回报。他和朗朗找到镇子上最好的酒馆，订下了最好的酒席。之后，谭小石和朗朗挨家挨户地送去了请柬。

让谭小石没有想到的是,开宴那天,镇子上的人好像商量好了似的,都没有去赴他的宴席。

那一刻,谭小石的心凉到了底。他看着镇子上那一个个让他心存感激的人,觉得他们是那样的陌生。他是诚心诚意的,竟然没有一个人领情。他弄不明白这是为什么。

更让人想不到的事还在后面。

谭小石将老房子推倒了,他准备在老庄子上起新房时,他掏钱都没有人愿意来帮他的忙。朗朗看到这种情况,劝他回城算了,他们的钱足够他们在城里挥霍一生的,可谭小石说什么也不同意。他坚信镇上的人迟早是会接受他的。

镇子上的人不愿帮,谭小石去别的地方请来了建筑队把房子盖了起来。

搬进新房的那一天,谭小石买了许多鞭炮,那噼里啪啦的鞭炮足足响了半个多小时。镇子上的人都远远地站在那里看热闹。

在鞭炮声中,一辆卡车从公路上开了过来,在谭小石的指挥下,那车开到了谭小石的新房后面。那里不知什么时候已修好了一个鱼塘。几个年轻人从车上跳了下来,他们是给谭小石送鱼苗的,那鱼苗被倒进鱼塘的那一刻,整个鱼塘都沸腾了起来。

谭小石本来想对看热闹的乡亲们说,等鱼养好了,大家想吃鱼了就来,可他的话终究没有说出来。他发现所有人的目光都是硬硬的、冷冷的,仿佛上了一层锈、结了一层霜,没有一点热情。

谭小石住进新房刚刚三天,那乔迁的喜气还没有挥洒干净,新房的玻璃却在一夜之间,被人用石块打碎了大半。这事很快就在梅镇传开了,看着镇上人那幸灾乐祸的神情,谭小石什么也没说,他悄悄地去买来了玻璃重新装上。

可事情并没有完。过了一段时间,谭小石专门买来看鱼塘的狗,就口吐鲜血,死在了鱼塘边。这一次,朗朗不同意了,她哭着闹着要回城,她说她不想这样提心吊胆地跟谭小石过日子了,要么,谭小石和她一块回城,要么,她就一个人走,反正她是不会再在这里待下去了。

谭小石好说歹说,连哄带骗地,总算把朗朗留了下来。也许是这一次真的有些过分了,当谭小石拉着朗朗从街上往家走的时候,他见许多的目光都是闪闪烁烁的,好像要向他证明,这一切不是他们干的。

谭小石息事宁人了。

经了这几次事情之后,日子总算安静了下来。镇上人对谭小石最初的那种抵触和仇视,也慢慢地有了改变。鱼塘里的鱼也开始一天天大了起来,谭小石见了镇上的乡亲,就面带笑容地向他们发出邀请,他让他们想吃鱼时就去捞。他甚至将鱼捞好给那些年长者送上门,可还是没有人领他的情,那些被他送上门的鱼,要么让他们丢了喂了狗,要么就那样挂在门前的树上,看着那鱼一天天地烂掉。

谭小石觉得他的心在一抽一抽地痛。既然没人吃他的鱼，那就卖吧。

谭小石就开始天天地张罗着联系买主。

那些天，平时门可罗雀的谭小石的家里，一下子热闹了起来，不停地有人来有人去的。

偏偏就在这时，又出事了。

那天早上，谭小石陪着头天晚上赶来买鱼的鱼商到鱼塘看鱼时，鱼塘的鱼全都白花花地漂在了水面上——谭小石的鱼塘被人下毒了。

镇派出所的民警来了。镇上所有的人也都来看热闹了。

派出所所长一边吩咐民警们查找线索，一边安慰着谭小石。谭小石脸上的表情十分地绝望，他将小筏划到鱼塘中间，一言不发地将那些死鱼，一条条地捞起来扔到岸边。

面对这种情况，所有人的目光中都流露出了一种同情，不知是谁突然喊了一声："咱都去帮帮小石吧！"于是所有的人都奔向了鱼塘。

毒鱼案最终没有破。或许是同情的缘故，梅镇上所有的人突然就改变了他们对谭小石的看法，他们没事了就去谭小石家坐坐，他们还自发地去帮谭小石修整了鱼塘。他们开始抽谭小石的烟了，喝他的酒了，更有激进一点的三天两头地到派出所去问案子的情况。有人甚至当着派出所所长的面骂他，说他无能，连这样的案子都破不了。

只有派出所所长心里明白,这案子他是一辈子也破不了的。因为从砸玻璃那件事起,一切的一切,都是谭小石自己策划自己干的。他砸了自家的玻璃,他毒死了自家的狗,他毒死了自家那一塘的鱼。他没有别的想法,他宁肯花钱,也想和这些曾经有恩于他的乡亲们融为一体。

午夜热线

"如果我给你四十万块钱,你同意和我离婚不?"

赵闻是在凌晨三点四十二分对他妻子说这句话的。

那天晚上,赵闻躺在床上,辗转反侧怎么也睡不着。后来,妻子醒了,问他身体是不是哪儿不舒服,赵闻突然说出了这样一句话。

赵闻的妻子并没有弄清这句话的分量,以为赵闻又是犯了文人发神经的毛病,嘀咕了一句"你说呢"便翻身睡了过去。

赵闻没说。

赵闻这个想法产生于上周那个周末的午夜。当时,赵闻被市电台邀请去做《午夜情感热线》栏目的嘉宾。赵闻是个作家。虽然依然穷着,却浪得了一些虚名,赵闻被请去的目的就是帮助那打进热线的听众解开情感的疙瘩,赵闻是很健谈的。由于知识的丰富，反应能力也强，他能在短时间里，将那些哭着笑着、喜着恨着意乱情迷的打进热线的人说得无话可说，又心服口服。

然而，就在这天晚上的《午夜情感热线》即将结束时，他接到了一个叫欣欣的女孩打来的电话。叫欣欣的女孩说她是个拥有上百万财产的女孩，为了爱情她和一个自以为靠得住、却一无所有的男孩结了婚。结婚的时间不长，她发现他却在外面与歌厅的坐台小姐一块鬼混。女孩一边哭着一边强调："我也是人人见了都说漂亮的呀，他那样做是为啥？"听完女孩的哭诉，赵闻当时心里就想起一首歌："……带着你的嫁妆，一起到这里来。"

也就是从这天晚上开始，赵闻心里便一直在做一种设想，假若那女孩真的带上她的近百万的嫁妆来了，他给妻子四十万块钱，妻子会不会同意和他离婚呢？

四十万呢！赵闻想。

第二天，赵闻按那个女孩留给他的电话号码，又拨通了女孩的电话。赵闻这次不像在午夜热线时那样，对对方进行劝导，而是一开始就千方百计地表现出一副优秀的样子引诱女孩。赵闻想象自己是一个非常优秀的渔翁，只要一撒网，女孩便像一条美人鱼，就被他网住了，接下来，赵闻就像久旱逢甘露地频频给女孩打电话。大约过了半个月，赵闻终于按捺不住了。他觉得无论如何也得去见见这个女孩。他找了个冠冕堂皇的借口，踏上了开往女孩住的那个城市的列车。

赵闻在走之前没有给那个叫欣欣的女孩打电话，他要给她一个意外的惊喜。

事情如我们想象的那样，赵闻按照事先在电话里留下的地址，很顺利地找到了女孩的家。

赵闻进了门，突然发现这是一个很像医院的地方，一张桌子后面坐着一个长得十分娇美却穿着白大褂的女孩。

赵闻对那女孩笑了笑，刚想开口询问这儿是不是有个叫欣欣的女孩时，那女孩却先开口了。

"是赵闻吧？"赵闻说："你怎么知道我的名字？""我们通过电话，并且不止一次，我知道你会来找我的。"

"你是欣欣？"赵闻没有想到眼前的欣欣比他想象中的欣欣还要美。他有点难以自控，想立即扑上去抱住她。这时，叫欣欣的女孩却示意他在桌前的椅子上坐下。

女孩说："咱开始看病吧！"

"看病？"赵闻有点莫名其妙。

女孩说："我是一个心理医生，自我们通过电话后，我就发现你有幻想症，我想，我有能力治好你的病。""这么说，以前的一切都是假的？是个骗局？"赵闻说。"是的，你是第四十二个上当的，不过，前面的四十一个在我这儿接受治疗后，已经健康走向社会了。""我有病吗？"赵闻说。

公开的情书

　　瓦每天都要去一趟邮电所,如同日出日落一样,很准时的。在这个偏僻的小镇上,瓦是个很了不起的人物,连脚跺一跺小镇就得晃三晃的镇长也得高眼看他呢。

　　瓦是小镇中学的语文老师。人长得很一般,书也教得很一般。为人处世迂腐呆板,不善辞令,可瓦却能写文章。虽说每隔三月五月,人们才会在省市报上读到他写的豆腐块文章,但在大家的眼里,瓦是个何等了得的人物!

　　瓦日日去邮电所,一是想看看当日的报纸,二呢,是将新近写的文章寄出去,顺便再看看以前投出去的稿子是否有了回音。

　　当然,瓦每日去邮电所,还有一个更重要的不可告人的秘密,那就是他看上了刚刚从邮电学校分配来的那个小妞。小妞叫姣,人长得很标致。瓦每次去了,姣总是从繁忙中抬起头来,对他表示善意的一笑。瓦觉得那笑很有意味,像那雨后天晴的太阳一样灿烂。瓦的心就被那笑一次次打动了。再来时,瓦等姣灿烂地笑过之后,就无话找话地与姣搭讪几句。

瓦说:"在你们这单位真好!每日的报纸、刊物都是你们先看。"

"是吗?"姣说这话时,目光便偷偷探过来看一眼瓦的脸。

瓦就再无话可说了,拿了报纸做了贼似的匆匆逃脱。

瓦再来,仍旧是说那一句话。说过几回,瓦就觉得再这样说就没有多大意思了。他便挖空心思想把话往深处说。但每天上班时间,来来往往的人很多。瓦就想:现如今的女孩脾性古怪,当着许多人面说其他的话,弄不好碰钉子,那就更没意思了。瓦也曾想过,等下午或其他时间找姣聊聊。可去过一次两次,发现姣的房间里总有三个五个的男孩捷足先登。那些男孩在姣的面前很随便,嬉皮笑脸地说话,朗声地笑,响亮地唾痰,眼睛蚊子似的在姣身上飞上飞下。瓦就感到自卑和猥琐。瓦就待不下去了。

又有一回,瓦去取报取信,姣喊住了他,说有他一张汇款单。

"又是稿费了。你真了不起呢!"姣两眼放射出一种羡慕的光,温柔得很。姣将汇款单递给瓦时,忽然又缩了回去:"这次你得请我的客呢。"

瓦听了这话,当下心里高兴得如同喝了蜜。转天下午,瓦果真在小镇餐馆里请了一桌。瓦本想只请姣一个人,却又怕别人眼里搁不住,就又请了学校几位老师。

瓦与姣有了这次交往,按说彼此更加亲近了,可恰恰相反。以后再去邮电所,心里越发紧张、不自在。瓦心里很矛盾。他既想早些让姣知道他的心思,却又怕这层窗户纸被捅破,夫妻不成,反把友情也给搭进去。

瓦想来想去,便写了一封感情真挚而言语缠绵的求爱信。瓦却没有这个勇气当面将这信交给姣。等礼拜天回到城里,写了城里家的地址把信寄出去。

瓦把信寄出去,人却再没去取过报纸信件。他暗自算计着日子,转眼一个月过去,却没见姣的回音。这期间他抱着"豁出去了"的态度又给姣写过两封情书,均如泥牛入海。瓦心里就灰灰地感到了有些后悔和失望。

忽一日,瓦就收到了市报社寄来的样报。他急忙翻开报纸,在副刊头条位置,就看到了他写给姣的三封情书。那信的题头连同姣的名字都没变。很刺眼。瓦很着急,因为当天小镇上的人都纷纷传闻了他发表的情书,而且各种议论纷纷传播开来。

这天晚上,瓦就气冲冲敲响了姣的门。

瓦这一头撞进了姣的门,直到第二天才出来。瓦出来时,脸上就有了兴奋的光。

从此,小镇上的男孩再不去姣那里玩了。